KB122752

# 글 쓰는 반찬 가게 여자

# 목차

프롤로그

글을 처음으로 열심히 쓰기 시작했던 것은 4년 전이었다. 네이버 커뮤니티 카페 〈성장하며 소통하는 사람들 in Jeju〉에 『엄마의 주례사』와 『오드리 헵번이 하는 말』 외 다수의 에세이를 쓰신 김재용 작가님의 글쓰기 수업 공고가 올라왔고, 그 수업에 참여하면서 본격적으로 매일 아침 모닝페이지를 쓰기 시작했다.

그 당시에 글쓰기의 맛에 푹 빠졌던 기억은 있으나, 세세히 어떤 요소들이 그렇게 글을 쓰는 것에 나를 매료시켰었는지는 잊고 있었는데, 최근에 그 당시에 썼던 모닝페이지를 처음부터 쭉 읽으며 그 기억이 되살아나고 내 글이 나를 자극하여 다시 매일 아침 열심히 성실히 꾸준히 글을 쓰고 싶은 마음이 일어나게 했다.

그때는 몰랐다. 시간이 한참 흐른 후, 그 글들을 통해 과거 나의 모습과 생각과 일상을 만나고, 그것에서 생각지 못한 위로와 용기를 얻을 줄은. 늘 미흡하고 성급하고 나 자신의 기준에 미치지 못해 자책하곤 했었는데, 살고 그렇게 생각하고 아파하고 또 살아가는 모습으로 존재했던 내가 얼마나 자연스러운 것이었는지, 그렇게 한걸음 한걸음 인생길을 가는게 얼마나 보편적인 것이었는지, 이제 와 시간상으로 4년의 차를 두고 뚝 떨어져서 보니, 그게 보였던 거다. 잘 걸어왔다고, 잘 살아왔다고, 충분히 수고했다고 할 만한 여유의 눈길과 너그러운 마음이 자라있었다. 지난날의 나를 긍정할 수 있게 되어 참으로 다행이었다. 앞으로는 덜 자책하면서 덜 쭈그러들면서 용기를 내어 힘을 내어 잘 살아갈 수 있을 것 같다.

더불어 나의 지난날의 기록이 혹시 누군가의 인생길, 서툰 걸음에 동행하는 반가운 동지가 되어 줄 수 있지 않을까 하는 바람으로 나의 못나고 부끄러운 모습을 기꺼이 내어드린다.

나탈리 골드버그의 책 『뼛속까지 내려가서 써라』에는 주옥같은 말들이 정말 많은데 그중에 한 구절만 이곳에 소개해 본다.

"자신이 쓴 글을 다시 읽어보는 것은 자신의 정체성을 재확인하는 기회이다. 왜냐하면 당신은 조금 전까지만 해도 글쓰기란 생활에 전혀 도움이 안 되는 시간 낭비가 아닐까, 하는 회의에 빠져 있었기 때문이다. 그런데 당신은 이제 자신의 소박한 인생에 매료되어 자리를 떠날 줄 모르게 된다. 평범한 존재를 특별한 존재로 만들어 주는 것, 이것이 바로 예술이 가진 위대한 힘이다. 우리가 살고 있는 인생이 무엇인지 깨닫게 된다."

우여곡절 끝에 시작된 글쓰기 수업

2020년 4월 8일 김재용 작가님과의 글쓰기 수업이 시작되었다. 3월에 예정되어 있었던 개강이 코로나로 인해 기약 없이 연기되어 오다가, 하루빨리 수업받고 싶은 수강생들의 열망과 서울에서 제주까지 일부러 다녀야 하는 번거로움을 기꺼이 감수하고 우리를 거두어 주신 작가님의 열정으로 마침내 수업은 열렸다. 함께 하게 될 수강생들은 앞으로 특별한 관계를 맺을 수밖에 없을 것 같았다. 속마음을 쏟아내는 글을 쓰고 함께 공유하다 보면 서로의 내밀한 부분까지 속속들이 알게 될 테니까.

작가님은 소녀 같은 천진한 미소를 가진 여성분이었다. 50세까지 가정주부로 충실히 살아오다, 51세에 첫 책을 내고 작가의 꿈을 뒤늦게 이루었다고 했다. 오랜 시간 꿈을 품고 결국 실현한 존재의 행적에서 그동안 있었을 여러 애씀과 분투와 고독이 읽혔다. 살림하고 아이 키우고 일하면서도 나 자신을 잃지 않은 여자의 동류감이 애틋한 동지애로 전해졌다. 수업은 수강생들의 자기소개로 시작되었는데, 작가님이 준비해 온 질문에 각자 답을 쓰고 발표하는 형식이었다. 이 첫 단계에서 나는 개인적으로 놀라운 일을 체험하게 되었다. 먼저 질문을 쭉 훑어보았다.

"나는 어떤 사람인가?"

1. 태몽, 출생과 관련된 에피소드가 있다면?

2. 내 이름은 어떻게 지어졌나?

3. 내 인생에서 가장 기뻤던 일 3가지는?

4. 가장 슬펐던 한 가지는?

5. 꼭 이루고 싶은 일은?

6. 나에게 영향을 준 사람

7. 감명 깊었던 영화나 책

복잡한 생각이 들었다. 별것 아닌 것 같아 한 번도 누군가에게 진지하게 얘기해 본 적 없는 1번, 2번과 같은 주제도 있었고, 보는 순간 본능적으로 나를 긴장시키는 질문도 있었다. 3, 4, 6번이 그랬다. 그러한 느낌이 흥미로웠다. 더욱이 그냥 얘기로만 나누는 것이 아니라 하얀 종이 위에 글로 적어 활자로서 눈앞에 펼쳐 놓아야 한다니, 벌써 나의 은밀한 부분이 사적 영역을 넘어 공개적인 영역으로 확대되는 것 같아 순간 두려움과 같은 감정을 느꼈다. 나도 모르게 그만큼 진지하고 충실하게 이 수업에 임하고 있었나 보다.

## 1. 태몽, 출생과 관련된 에피소드

살면서 만났던 사람 중에 태몽 이야기를 부모님께 전해 듣지 못한 이들도 있었다. 그러나 나는 전해 들은 측에 속했다. 엄마는 3일 연속 똑같은 꿈을 꾸었는데, 노란 유채꽃밭에서 신나게 뛰노는 꿈이었다고 한다. 그 태풍이 나의 삶을 암시한 것이 맞는지 나는 정말로 봄마다 유채꽃이 지천에 흐드러지게 피는 제주도에 이주해 와 살고 있다.

## 2. 내 이름은 어떻게 지어졌나?

나를 낳고 엄마는 '윤희'라는 이름을 염두에 두었다고 한다. '이윤희'. 그러나 할아버지께서 이미 내 이름을 '혜정'이라고 결정해 두셔서 부모님도 그대로 따랐다고 하는 그렇고 그런 이야기.

## 3. 내 인생에서 가장 기뻤던 3가지 일은?
## 4. 가장 슬펐던 한 가지는?

나의 당황스러움은 이때부터 시작되었다. 아무리 생각해 봐도 나는 이 질문에 대한 답이 떠오르지 않았다. 갑자기 머릿속이 멍해졌다. 정말 없었던 건지, 아니면 기억이 떠오르지 않는 건지. 수업이 끝나고 집에 돌아오는 길에도, 집에 돌아와 설거지하면서도, 그다음 날 아침에 운동하면서도 계속 생각했다. 왜 아무것도 떠오르지 않았을까? 기쁜 일이라고 생각했지만, 그것이 나중에 나의 뒤통수를 때리고 뼛속을 후리는 아픈 경험을 하기도 했고, 남들이 보기에는 충분히 슬픈 일이었지만 의외로 내 자신은 무덤덤하게 견디어 냈기에 그런 것 같기도 했다. 살다 보니 어느새 기쁨과 슬픔이라는 감정에 꽤 엄격해진 것이었다. 평소 작은 것에도 크게 감동을 잘 받고 흥이 쉽게 차오르는 나의 성격과는 별개의 문제였다. '인생사 새옹지마'. 기쁜 일이 훗날 화가 되기도 하고, 안 좋은 일인 줄 알았으나 그것이 도리어 복이 되기도 한다는 교훈을 어느새 뼛속 깊이 체득하고 있나 보았다. 아무튼 수업 시간에 나는 이 부분을 끝까지 빈칸으로 두었다.

5. 꼭 이루고 싶은 일은?

이 부분도 최근에 생각이 많이 바뀐 상태였다. 인간은 사물과 달리 '목적'이 있어 생겨난 존재가 아니라고 인식하게 되었다. 존재 자체로서 충분히 존엄한데 왜 그렇게 지금까지 그 '무엇'이 되지 못해 안절부절못했을까. 얼마 전에 읽은 괴테의 『젊은 베르테르의 슬픔』에도 이런 말이 나온다.

"성급히 달려가 보기도 했지만, 다시 되돌아오고 말았다. 내가 바랐던 것은 아무것도 찾아볼 수 없었기 때문이다. 아아, 아득하게 멀리 떨어진 곳은 미래의 시간과 다를 바가 없구나! 아아, 우리는 존재를 송두리째 몽땅 내던지고, 오직 하나의 위대하고도 아름다운 감격이 주는 기쁨을 만끽하려고 한없이 그리며 애태운다. 그러나, 아아, 우리는 빨리 달려가지만 〈그곳〉이 〈이곳〉으로 변해버리고 나면 결국 모든 것은 전과 마찬가지가 되고 말아. 우리는 여전히 가난과 궁색에 얽매인 몸이다. 그리하여 우리의 영혼은 잃어버린 청량제를 찾아서 허덕이는 것이다"

목적 지향적 인생은 우리의 허무감을 채워줄 수 없을 것 같다. 꼭 이루어야 하는 것은 없는 것 같다. 그저 내가 즐거워서 자연스럽게 몰입하다 보면 어느새 도달해 있는 곳. 그곳이면 충분하다고 생각한다. '타이틀' 자체에 집중되는 이목을 내가 가는 길의 과정에서 얻는 즐거움으로 돌리면 마음이 훨씬 자유로워진다. 그래서 나에게 '꼭 이루어야 하는 것' 또는 '꼭 이루고 싶은 것'은 없다. 성실한 태도와 즐거운 마음으로 내 삶의 길을 가다가 주우면 땡큐고 없으면 말면 된다. 그래서 나는 수업 시간에 이 질문에 대한 답으로 이렇게 써 놓았다.

"어느 고정된 일에 종속되기보다는 다양한 역할을 맡고 다양한 관계를 맺고 살아가는 삶"

6. 나에게 영향을 준 사람

나 자신이 이 부분에서 가장 놀라웠다. 잠시 망설이다가 하얀 종이 위에 다섯 명의 이름을 선명하게 써 내려가고 있었기 때문이다. 찰나의 용기가 부끄러움과 민망함을 누르고 배꼽 속에 들어앉아 있던 다섯 명의 이름을 꺼내 놓았다. 속이 후련한지 여전히 민망한지 모를 정도로 정신이 멍해졌다. 그 이름에는 가족도 있고 친구도 있고 옛 연인도 있었다. 그들이 내 인생에 영향을 줬다고 공식적으로 인정하는 것 같은 느낌에 자존심마저 상했다. 그들은 모두 고마움과 사랑의 대상이기도 했지만, 한때는 불타는 증오의 대상이기도 했다. 나에게 그런 시절이 있었다는 기억을 되살리는 게 싫어서 애써 무시하며, 인정하지 않으며 그렇게 살아왔는데 '내가 왜 그랬지?'하는 생각이 들었다. 이 수업 시간에 대한 충절인가, 아니면 이참에 나의 내면에 들어앉아 있는 무의식 속 자아를 솔직하고 적나라하게 대면하고 처리와 해결을 보고 싶은 충동인가. 사실 지금까지도 잘 모르겠다. 어쩌자고 그들을 내 삶에 영향을 준 사람이라고 순순히 인정하고 발표했는지. 앞으로 차차 나의 글로써 풀어낼 기회가 있을까.

## 7. 감명 깊었던 영화나 책

〈다가오는 것들〉이라는 프랑스 영화가 있다. 주인공 여인이 나이 들어가며 겪는 역할과 관계의 변화를 덤덤히 받아들이고, 그로 인한 인간 존재의 필연적 독립과 절대적 고독을 자연의 섭리처럼 드러내고 그려내는 영화이다. 영화의 잔잔한 전개에서 나 역시 피할 수 없게 될 그 언젠가의 독립과 고독을 예감하며 뭉근히 오래도록 가슴에 남을 인상을 받았다. 조급하고 소란스러웠던 젊은 날의 삶이 정리되고 모든 '누군가의 무엇'에서 벗어나는 그즈음에 나는 고독의 경지에 오른 독립된 존재로서 남은 날의 삶을 희열로 살아 낼 수 있을까. 그렇게 멋지게 나이 들어갈 수만 있다면 더 바랄 것은 없다고 생각한다.

**지성인**

어제는 경제투자 수업이 있었다. 소장님께서 '세상에 가치 없는 것은 없다'라는 주제로 한 시간여 열강을 하셨다. 진시황의 탄생 비화를 예로 들어 귀를 쫑긋하게 만드는 재미있는 강의였다. 소장님은 강의를 마치고 스물한 살의 어느 청년에게 물으셨다. "재밌었어?" 청년은 대답했다. "아니요." (그는 늘 청년다운 기상이 전혀 느껴지지 않는 무표정한 얼굴이다.)

소장님은 평소에 말 잘 듣는 모범생보다 어느 정도 반골 기질이 있는 친구에게 더 애정이 가고 흥미를 느낀다고 말씀하셨었다. 그래서인지 그 친구의 대답에 몹시 흥미를 느끼시는 것 같았다. "오 그래? 좋아. 솔직한 대답 좋아. 넌 재미 없는 게 맞아. 넌 그러면 여기에 왜 왔지?" 라고 물으니, 이 강의를 들으러 오면 엄마가 5만 원을 준다고 해서 왔단다. 그 5만 원으로 무엇을 할 거냐고 물으니, 옷을 살 거란다. 옷이 좋으냐고 물으니, 옷이 좋고 꾸미는 게 좋단다. 왜 꾸미는 게 좋으냐고 물으니, 말을 못한다. 소장님께서 다시 물으셨다. "네가 꾸미는 게 좋다고 했어. 자 그럼 너는 아무도 없는 무인도에 가서도 너를 치장하고 꾸밀 정도로 꾸미는 게 좋은 거야?" 그러자 역시 솔직하게 대답한다. "아니요"

오고 가는 질문과 대답이 흥미로웠다. 나도 그 나이 때는 그랬다. 예쁜 옷을 사 입고 나를 꾸미는 것이 매우 중요한 일이었다. 그 마음 안에는 타인에게 인정받고자 하는 욕구가 내재해 있었다. 빠르고 쉽게 존재감을 드러내기 위해 외모를 꾸몄다. 그때는 진짜 인정받는 가치에 대해서 사유하고 축적해 나갈 여유가 없었다. 자극적이고 빠른 길을 찾았다. 소장님께서는 그 친구에게 '네가 그런 이유로 외모를 꾸미고 싶은 거라면, 지성인이 되면 외모를 꾸미는 일은 중요하게 여겨지지 않게 돼'라고 말씀하셨다. 그리고 연이어 '지금, 여기에 자신이 지성인이라고 생각하는 사람 손 들어 보라'고 하셨다. 나는 별 망설임 없이 손을 번쩍 들었다. 주위를 둘러보니 다행히 몇몇 분이 함께 손을 들고 계셨다. 뻔뻔스럽게 내가 손을 들었던 것은 지성인은 완성체가 아니라 만들어져 가는 과정이고 그 정도에 차이가 있을 수 있다는 전제를 염두에 두었기에 그랬다. 소장님께서 내게 물으셨다. 자신이 지성인이라고 생각하는 이유가 무엇이냐고. 희한하게 소장님께서 질문만 해 오시면 머릿속이 하얘졌다. 나는 딱 머릿속이 하얘진 사람처럼 엉성하고 어버버하게 대답했다. "저는 지성인이 좋고 지성인이 되고 싶고 늘 저 자신을 돌아보며 그러한 길을 가고 있는지 생각하기에 손을 들었습니다."

집에 돌아와 다시 한번 '지성인'이라는 것에 대해 나름으로 생각해 보고 경제투자 공부 단톡방에 정리된 생각을 올렸다.

"지성인이란 무엇인가'에 대해 다시 한번 생각해 보았습니다. 저 자신은 물론 저희 아이들도 지성인으로 살아가기를 바라는데 그게 어떤 것일까에 대해서요. 지속적인 공부와 사유를 통해 자신의 언행을 돌아볼 줄 알고, 인간의 무력함 앞에 겸허한 마음을 품을 줄 알고, 남루한 차림은 부끄럽지 않으나 경거망동함은 부끄러운 줄 아는 사람. 차림새와 타이틀이 아닌 행위로서 존재감이 빛나는 사람. 저는 이렇게 정리해 보았습니다. 완성체가 될 수는 없겠으나 어제보다 오늘 더, 작년보다 올해 더, 예년보다 앞으로 더 그러할 수 있기를 소망합니다."

재작년 봄에 혼자 서울로 여행을 갔다. 서울에 살고 있는 친구를 오랜만에 만나 함께 산책하며 거리 곳곳에 만발해 있는 예쁜 꽃들을 감상했다. 싱그럽고 풋풋한 초록빛 풀과 나무들도 봄 햇살을 받아 더욱 빛이 났다. 친구가 말했다. "나이 들어가니, 풀, 꽃, 자연 이런 게 그렇게 좋아진다." 그래서 내가 말했다. "나이 들어서가 아니라, 더 가치 있는 것에 눈이 뜨였기 때문이라고 하자." 친구가 "오!" 하며 응수해 주었다. 우리는 동시에 유쾌한 웃음을 터뜨렸다. 앞서 말한 스물한 살 청년도 또 다른 가치에 눈이 뜨이는 날이 오겠지.

착한 쾌락

시간이 늘 쏜살같이 지나간다. 한 시간이, 하루가, 일주일이, 일 년이. 나이를 먹어감에 따라 더욱 자주 쓰게 되는 말, '어느새 벌써'

지난 주말을 어떻게 보냈는지, 월요일 아침에 떠올려 보는 일은 저녁때쯤 돼서 '오늘 점심때 무엇을 먹었더라'를 떠올리는 일 보다 훨씬 난도 높은 퀴즈이다.

지난 주말을 어떻게 보냈더라. 토요일 오전에는 두 편의 글을 다듬었다. '젊음과 늙음', '부와 가난'. 초고가 있는 글임에도 반나절 내내 다듬고 또 다듬으며 완성도를 높이기 위해 심혈을 기울였다. 그런 과정은 생각보다 재미있다. 나도 모르게 빠져든다. 완전한 몰입. 그것은 일종의 쾌락이다. 다만, 글을 쓰는 일에 빠져드는 쾌락이라는 건 다행히도 매우 건설적이고 발전적인 일이어서, 빈번하게 자주 그런다 해도 나쁘지 않다. 글을 쓰는 동안 분명 내 안의 것을 소진하고 있었지만 아이러니하게 소진되지 않고 채워지는 느낌이다. 기이하고 오묘한 쾌락이다.

오후에는 남편과 함께 점심을 먹기 위해 식당에 갔다. 두 군데가 엉켜버린 나의 얇은 금목걸이 줄을 남편에게 내밀며 풀어 달라고 요청했다. 나는 성질이 급해서 그런 일엔 영 젬병이다. 왠지 그는 잘 해낼 것 같은 느낌이 들었다. 어느새 그 일에 빠져 든 남편, 그는 지금 몰입의 쾌락을 맛보는 중이다. 그의 모습을 동영상에 담았다. 물론 그는 인지하지 못한다. 집중의 기가 흐르는 몸가짐, 목걸이를 살살살 달래는 섬세한 손놀림, 화면 속 그의 모습은 안전의 욕구와 보호받고 싶은 욕구가 본능적으로 내재해 있는 부류의 종족인 나에게 꽤 매력적으로 다가온다. 욕심난다 이 남자! 임무를 완수한 그가 다시 내게 목걸이를 건네주었다. 엄지 척이다.

일요일 오후, 첫째 딸 이나의 어린이집 친구인 하른이와 하른이 엄마와 함께 키즈카페에 갔다. 하른이 엄마와는 교류한 지 두 달여 정도 된 것 같다. 하른이 엄마는 나의 좋은 점과 나쁜 점 중 좋은 점이 꽤 많이 비슷하다. 그래서 그녀가 좋다. 아이들은 저희끼리 함께 잘 놀다가도 이따금 작은 마찰에 엄청나게 큰 억울함과 서러움을 느끼며 자기의 보호자에게 일러바치기 위해 달려온다. 아이들 특유의 과장된 제스처가 귀엽다. 엄마의 품 안에 들어온 아이에게 최고의 내 편 코스프레를 충실히 해주고 나면 안도감을 얻은 아이는 언제 그랬냐는 듯이 금세 화사해진 얼굴로 헤헤거리며 품 안을 벗어나 다시 놀러 나간다. 하른이 엄마와 나는 그 놀이를 몇 번 반복하며 서로 말 없는 미소를 주고받는다.

집으로 돌아와 낮잠을 한숨 잤다. 계속 놀자고 조르는 아이에게 "엄마 너무 피곤해. 낮잠 조금만 자면 안 될까?"라고 하니,

그러라고 허락해 주었다. 기특하게도 두어 시간을 기다려 주었다. 잠에서 깨어 부스럭거리니 아이가 와서 "엄마 언제 일어나요?"라고 묻는다. "응 지금 일어났어." 아이에게 도서관에서 빌려온 책, 구름빵 시리즈 중 『콩닥콩닥 거짓말』과 『토닥토닥 말다툼』편을 읽어주었다. 단순한 전개에 뚜렷한 교훈을 담은 이야기가 내 마음에도 작은 일렁임을 주었다. 아이에게는 얼마나 더 큰 일렁임으로 가 닿았을까. 어느새 아이의 의식은 책을 읽어주는 엄마에게서 책 자체의 내용 속으로 빠져들어 가 있다. 아이의 마음 안에 지금 막 작은 우주 하나가 빅뱅을 일으키는 것이 느껴진다. 그 작은 우주는 아이의 손만큼이나 말랑말랑하고 따뜻할 것이다.

시간이 늘 쏜살같이 지나간다. 한 시간이 하루가 일주일이 일 년이. 한창 손이 많이 필요할 때인 두 아이를 키우면서 생계를 위한 일도 하는 와중에 글 쓰는 취미를 붙여둔 것은 매우 참잘한 일이라는 생각이 든다. 소소한 기록으로나마 순간순간의 반짝이는 기억 조각들을 새겨놓는 이 일은 꽤 착한 쾌락이다.

부와 가난

40대 중반, 아이 둘을 키우는 엄마이고 남편과 함께 반찬가게를 운영하며 생계를 꾸려가고 있다. 하지만 여전히 돈에 대한 개념이 턱없이 부족하다. 저축을 따로 하지 않으며 노후를 위해 얼마큼의 돈이 필요하고 준비해야 할지 아무런 계획과 대책이 없다. 그래서 재테크에 관련된 얘기를 나누게 될 때면 좀 창피하다고 느껴질 때도 있다. 그러다 문득 '턱없이'란 어느 기준에 맞춘 것일까, 하는 생각이 들었다. 타인을 의식하지 않고, 내 개인의 기준에 포커스를 맞춰, 나의 필요에 대해 가만히 들여다보았다.

　근래 서울의 아파트값 때문에 시끌시끌하다. 최근 사오 년 새 집값이 십억 이십억 뛰었고, 그 차익을 누리지 않는 것은 곧 손해라는 인식으로 많은 이들이 무리한 대출을 받으며 부동산 투자에 열을 올렸다. 열기가 열기를 일으키고, 욕심이 욕심을 불렀다. 어디서 펌프질하는 급물살인지, 혹은 부조리한 급물살은 아닌지 따져 물어야 할 존엄한 주체성조차 상실한 채 너도나도 정신없이 휩쓸려 가는 듯 보였다. 타인에게 뒤처지지 않기 위해 발버둥 치는 애처로운 모습이 나는 싫어서, 고고한 가치의 인간성을 삼켜버린 그 꼴 보기 싫은 탐욕이 나는 싫어서, 그 물살에는 근처에도 가지 않았다.

　최근 우연히 한 유튜브 채널에서 어느 주식투자 전문가의 강연 영상을 보게 되었다. 그가 하는 30분 동안의 투자 얘기는 대체로 건전하고 좋은 내용이었다. 단기적인 투기를 부추기기보다는 장기적이고 건전한 투자 계획에 중점을 둔 강연이었다. 그러나 중간에 짧게 3분 정도 나의 귀를 쫑긋하게 하며 기분을 묘하게 나쁘게 자극하는 부분이 있었다. 어느 두 직장 동료가 처음 출발선은 비슷했으나 재테크의 결과 지금은 두 사람의 삶의 양상이 완전히 달라졌다는 이야기였다. 그의 표현에 따르면 한 명은 골프를 치고 다른 한 명은 저기 어디 처박혀 당구를 친다고 했다. 골프 치는 친구는 강남에 몇십억 아파트에 살고 당구 치는 친구는 강북 저 어디 다세대 빌라 같은 곳에 산다고 했다. 삶이 좀 그렇다는 말도 덧붙였다. 나는 왜 그의 표현에 신경이 날카로워졌을까. 너무나 단순한 논리로 세상을 양분하는 그의 유치함에 혀를 내두르며, 나 자신도 저들의 잣대 위에 올려져 멋대로 지껄이며 내리는 판단에서 자유롭지 못할 것을 생각하니 자존심이 무척이나 상했다. 무시하면 자유로워지는데 무시하지 못하고 감정이 동했다.

열린 마음, 포용력, 담대함, 성숙함, 안정감은 나 혼자 책 볼 때만 존재하는 것들이었나. 다른 세상에서 다른 방식으로 살아가는 사람들을 접하면 일순간 혼란이 밀려온다. 안 보고 살 수도 없고 그 모든 것을 초월한 큰 인간이 되고 싶었는데, 아직은 현실에서 얼마나 작은 존재인지 여실히 깨닫게 된다. 현실적인 얘기, 돈 버는 얘기, 자식에게 풍요를 채워주고, 부모님께 물질적으로 효도하는 일반적인 삶을 충실히 떠들어 대는 그 대화 속에 나는 잘 끼지 못한다. 나는 이들의 기준에서 보면 경제적으로 한참 뒤떨어지는 처지다. 40대 중반의 지인들, 친구들 중에는 벌써 집이 몇 채고, 자산이 얼마나 되는지 등 떠벌리는 이들이 종종 있다. 어떻게 보면 지금이 그렇게 열심히 자산을 일구어야 할 가장 중요한 시기인지도 모른다.

그런데 왜 나는 그런 것이 진정으로 마음에 와닿지 않을까. 집 몇 채, 해마다 해외여행, 값비싼 소유물 등 그러한 것들이 뭐 대수인가 싶다. 그러한 욕심을 채우고 싶은 개념이 없다. 물질적인 기준으로 삶의 우열을 가리는 이들을 보면 더욱더 격렬히 그 가치 기준에서 떨어져 나오고 싶어진다. 난 어느 세상에 살고 있는 걸까. 제주도의 푸른 숲, 책 읽고 글 쓰는 세상. 그것이면 족하다. 이것이 내 필요의 수준이다. 큰돈 안 들이고도 배부르게 마음을 채울 것들이 한가득하다. 누군가가 나에게 돈을 줄까 시간을 줄까, 하면 아마 나는 시간을 선택할 거다. 갖고 싶은 것보다 하고 싶은 게 더 많은데 그 하고 싶은 일이라는 게 돈은 별로 들지 않지만, 시간이 많이 들어서 그렇다. 나는 앞으로도 계속 타인의 기준이 아닌 나의 필요의 기준에 맞춰 그렇게 살아갈 작정이다. 나는 나대로 살면 되는 거니까. 아무튼 지금도 이렇게 글이나 두들기고 있으니 참 좋다 이 말이다.

# 늙은 스승과 젊은 제자

눈앞에 알짱거리는 사랑스러운 두 아이의 모습을 물끄러미 바라보고 있노라면 어느새 사십 대 중년의 나이가 된 나를 의식하게 된다. 뭣 모르는 순수한 생기의 빛을 담은 표정은 이미 주름이 더해져 가는 나의 얼굴에 더 이상 어울리지 않는 것처럼 느껴져 서글퍼지기도 한다. 거울을 보다 이따금 발견되는 머리의 하얀 새치는 세상 이치에 대한 통찰과 이해에 그만큼 능숙하고 노련해졌음을 나타내는 훈장쯤 되는 것이라 여기며 애써 스스로 위로한다.

젊은이는 장차 늙은이가 되고, 늙은이는 젊은이로 돌아갈 수 없다. 이 회귀 불가능의 진리가 나를 자극하여, 늙어가는 것에 대해서 무의식중에 우울감 또는 열등감을 자아내는 것은 아닌가 하는 생각을 하다 이내 정신을 바짝 차린다. 늙어감은 열등한 존재가 되어가는 것도 우울해지는 일도 결코 아닐 것이기 때문이다.

젊음에서 늙음으로 가는 여정은 생성에서 소멸로 가는 길목 위에 있다. 만약 노인에게 더해가는 지혜만큼 기가 쇠하지 않는다면 젊은이들은 그 옆에서 질식할지도 모를 일이다. 소멸의 문턱을 향해 한 걸음 한 걸음 쇠해져 가는 육신의 기운은 자연스레 우아한 침묵과 측량할 수 없는 깊은 눈빛을 만들어 내기도 한다. 그것은 젊은이가 흉내 낼 수 없는, 연륜이 낳은 품격이다.

어떻게 늙어갈 것인가, 어떤 노인이 될 것인가. 생동하는 청춘의 열정은 꿰뚫는 지혜의 눈빛 앞에 겸손을 배우고, 기품 있는 고요는 들떠 있는 영혼을 포용하며 차분히 가라앉힌다.

늙은 스승과 젊은 제자를 올려 세우는 연극 무대가 마련되어 있다면 이제 사십 대 중년의 나이가 된 나는 늙은 스승의 역할에 조금 더 욕심이 난다. 사랑과 존경의 대상이 된 늙은 스승은 훌륭한 포부를 품고 기상이 넘치는 젊은 제자를 보고 흐뭇해하며 그에게서 젊은 시절의 자기 모습을 발견하고 추억하고 그리워하게 될 것이다. 오랫동안 동경하고 존경해 마지않던 늙은 스승의 앞에 수줍은 듯 선 젊은 제자는 어느새 그의 스승을 닮아가고 그들의 웃음에는 짙은 우정의 유대가 깃들어 있을 것이다. 그들이 나누는 지성의 토론은 냉철하지만, 서로에 대한 신뢰의 감각은 더욱 확고해질 것이다. 바람이 상쾌한 푸른 숲길을 달리는 두 대의 자전거처럼 서로서로 동경하고 따르고 지지할 것이다. 같은 하늘 위에 영원한 우정의 동거를 하는 청춘의 별과 지혜의 별은 그들이 향해 가고 있는 궁극의 정착지이다.

# 웰컴 투 메종 드 문래

친구가 서울 문래동에 아파트를 샀다. 나 혼자 산다 15년 차인 그녀가 드디어 집을 산 거다. 나는 "오, 서울에 집 있는 여자!" 하며 친구의 뿌듯해하는 기분에 쿵짝을 맞춰줬다. 그리고 그녀의 집에 '메종 드 문래'라는 닉네임을 붙여줬다. 지난주 토요일 문래동 친구의 집에 놀러 가기 위해 비행기를 탔다. 김포공항에서 내려 5호선을 타니 쭉 한 번에 그녀의 집에 갈 수 있는 양평역에 도착했다. 땅굴 속에서 튀어나온 두더지처럼 지하개찰구에서 나와 서울의 거리 위로 튀어나왔다. 날씨가 따뜻하고 좋았다. 서울의 나무와 제주의 나무는 달라서 가로수만 보아도 제주가 아니구나 싶었다. 아, 좋다. 제주가 아니라서 좋다. 어딘가로 멀리 떠나왔다는 사실이 좋다.

친구의 집까지는 대략 1킬로 정도였다. 그 거리를 걸어가는 동안 서울의 가을풍경을 누렸다. 노란 은행잎들이 덥수룩이 옐로우 카펫을 깔아놓았다. 친구의 아파트는 아주 아주 오래된 한신아파트였다. 나는 오래된 아파트 단지를 좋아하는 편인데 그 이유는 바로 나무 때문이다. 울창한 키 큰 나무들이 깊은 운치를 자아낸다. 그 앞에 있는 생활형 동네 마트도 정겹다. 동네 마트인데 수산물, 정육, 채소, 과일 등 섹션 별로 없는 게 없다. 북적북적 사람 사는 냄새가 물씬 나는, 일상이 잔뜩 묻어있는 그런 분위기이다. 그것이 오랜 세월 축적되면 뭔가 기품이 있게 느껴진다. 아, 이 동네 분위기 참 좋다!

아파트 입구로 친구가 마중 나왔다. 자다 깬 얼굴, 잠옷 위에 외투만 걸치고 나온 친구. 푸 하하하. 우리는 서로 보자마자 폭소를 터트렸다. 왜? 그냥! 우리는 원래 그렇게 이유도 없이 숨이 넘어가도록 잘 웃는다. 푸하하하하하. 그녀의 집에 들어가니 예술가 각 나온다. 그녀는 은행의 대출 영업 팀장으로 일하고 있지만, 취미로 그림을 어마어마하게 그린...... 그렸었다. 요즘은 잘 안 그리는 것 같다. 그녀의 작품들이 바닥에 겹겹이 벽에 기대어 있다. 책들도 바닥에 층층이 쌓여 있다. 곳곳에 여행하며 모아온 기념품들이 가득하다. 그녀가 좋아하는 피규어들도 곳곳에서 외롭지 않게 말 걸어주는 느낌이다. 화장실 휴지 걸이 위에도, 싱크대 설거지 개수대 앞에도 살아서 나에게 말 걸어줄 것만 같은 앙증맞은 미니어처 피규어들이 마음을 말랑말랑 건드린다. 혼자 사는 여자의 잔망스러운 사치와 나름의 풍요가 느껴진다. 침대 옆 보조 테이블 위에 예쁜 카드가 놓여 있었는데, 그냥 그런 오브제 중의 하나려니 하고 지나쳤다. 알고 보니 내 생일 카드였다. 역시, 그녀다운 서프라이즈이다. 구석구석 구경을 마치고 디자이너 작품인 멋스러운 암체어에 앉았다. 그리고 물었다.

"집들이 선물로 뭐 필요한 거 있어?"
"없는 것 같은데."
"커피머신 사줄까?"

"나 커피 안 마셔."

"아 그래? 잘 됐다."

"푸하하하하하"


곧 다른 친구도 합류하여 함께 문래동 거리를 거닐었다. 요즘 핫플이 된 문래! 오래된 공업 사무소들이 즐비한 곳에 틈틈이 맛집이 끼어 있었다. 아주 허름한 옛날 스타일 그대로. 그게 그 자체로 재밋거리이고 멋이라는 걸 나 말고도 알고 즐기는 사람이 그렇게나 많은가 싶을 정도로 오전 11시 조금 넘은 시간에 벌써 집마다 줄이 서 있었다. 우리가 첫 번째로 간 곳은 고등어조림 집. 15분가량 줄을 섰다가 들어가니 따끈따끈한 방바닥 테이블에 자리를 내어 주셨다. 옆에 다락으로 올라가는 붙박이 사다리가 있고, 천장에 비밀스러운 공간으로 뚫려 있는 네모난 입구가 보인다. 아 궁금하다. 올라가서 보고 싶다. 호기심을 자극한다. 괜히 재미있다. 즐겁다. 기분이 업된다. 이런 곳에서 오랜만에 만난 어릴 적 친구들과 회포를 풀고 있으니 그 자체로 천상의 맛이다. 이럴 때 낮술은 낭만 그 자체. 우리는 소주잔을 부딪쳤다. 반갑다 친구야.


어느 분위기 좋은 펍에 2차로 가서 대낮부터 수제 맥주를 들이켠 후 배가 터질 것 같이 된 우리는 드러눕고 싶어졌다. 3차로 예정돼 있던 시금치 통닭집은 포기하고 동네 마트에서 과일을 사 들고 집으로 들어갔다. 친구의 새 TV는 아주 컸다. 그 화면으로 유튜브 채널 딩고 프리스타일을 틀어서 봤다. 내가 좋아하는 자이언티와 양동근을 틀어서 보여주었는데 친구들도 완전히 반한 듯했다. 자이언티는 함께 두 번이나 봤다. 역시 내 친구들. 이런 거 잘 통해.

밤 10시경 내 친구의 동네 아지트이자 단골 칵테일 바인 '데니스 하우스'에 갔다. 오우, 분위기가 좋다. 두 사람이 동업하는데 오늘 나와 있는 사장님의 닉네임은 '코스타'랬다. 89년생. 대박. 나보다 열한 살이나 어리다. 잘생겼고 스타일리쉬한데 그 나이로는 안 보이게 세월이 한가득 묻어있는 얼굴이었다. 스타일리쉬한 코스타 사장님은 내 눈웃음과 나의 리액션에 대해 은근히 칭찬을 해주며 기분을 잘도 띄워주었다. 접대용으로 하는 말인 줄 알면서도 78년생 아줌마 마음 콩닥콩닥해지니 술맛이 어찌 그리 단지요. 코스타 사장님께서 서비스로 스트레이트 잔을 계속해서 주셨다. '어머, 이 사장님 왜 이래.' 결국 미안해서 비싼 칵테일 한잔씩 더 시켜 먹었다. 적절한 서비스와 상술로 손님 기분도 업 시켜주고 매출도 올리는 여우 같은 사장님. 어느덧 새벽 2시 반이 되었다. 집에 와서 씻고 누우니 3시 반.

"오늘 아침 5시에 일어났으니까 22시간 동안 깨어 있었어."
"푸하하하하하"

다음 날 아침에 일어나서 잠깐 라면 끓여 먹고 또다시 잠들었다가 낮 1시에 일어났다.

"나 메종 드 문래에서 휴양 잘하고 간다. 또 올게."
"응 당근이지. 이곳은 너의 서울 집이야."

이렇게 휴양을 마치고 다시 제주로 왔다. 나의 현실의 공간. 그러나 나의 꿈으로 가득 차 있는 공간. 내 꿈이 있고 내 꿈을 이루어 가고 있는 곳은 이곳 제주! 제주로 돌아온 마음이 즐거움으로 가득했다. 서울에서의 여행도, 이렇게 다시 돌아온 현실도 모두 어느 하나 아쉽지 않고 만족스러웠다. 웰컴 백 투 제주. 씨유 어겐 메종 드 문래.

# 나의 공간

독서실에 등록했다. 나만의 공간이 생겼다. 집에서도 가게에서도 온전히 나만의 공간을 확보할 수 없어서 돈을 주고 자리를 마련했다. 좋다. 이곳은 나만의 아지트가 될 것이다. 비록 한 평도 안 되는 좁은 공간이지만 광활한 우주와 같이 나의 상상이 한계 없이 방해 없이 자유로이 부유할 것이다. 지금은 이곳이지만 10년 뒤, 20년 뒤 나의 독립 공간이 어떻게 변모해 나갈지 기대하면서 그 시작의 테이프를 이곳에서 끊었다.

지난주 금요일에 독서실 등록 상담을 하러 왔었다. 와서 보니 이곳은 오전 9시 오픈에 노트북 타이핑이 금지돼 있었다. 이러면 곤란했다. 독서실 사장님께 내가 이용하고 싶은 시간은 아침 7시부터이고, 나는 글을 쓰는 사람이고 (뭔가 있어 보이게), 곧 책을 낼 예정이라 노트북 타이핑도 해야 해서 이곳은 적합하지 않은 것 같다고 말씀드리고 자리에서 일어나려고 했다. 그때 독서실 사장님이 생각을 한번 해 보자며 골똘한 표정으로 말씀하셔서 뭔가 잘될 것 같은 기대를 하고 다시 자세를 고쳐 앉았다.

나는 아침 7시에서 9시까지 그리고 오전 10시에서 낮 2시까지만 있을 거고, 타이핑은 아침 7시에만 할 거라고 독서실 이용계획을 상세히 말씀드렸다. 그때 독서실 사장님이 그러면 나를 믿고 7시에 내가 직접 문을 열고 들어올 수 있도록 해주시겠다고 했다. 그래서 나는 이 동네에서 '레알푸드'라는 가게를 하고 있어서 그걸로 신용보증을 하겠다고 했더니 깜짝 놀라시며 와이프가 단골이라고 했다. 와이프 성함이 어떻게 되시냐고 여쭤보니 내가 아는 회원이었다. (역시 착하게 살아야 해) 사장님의 얼굴이 한껏 밝아지며 와이프에게 자랑해야겠다고 하셨다. "레알푸드 사장님 우리 독서실 다녀."라고. 어머, 이분 영업 잘하신다. 고객의 기분을 이런 식으로 띄워주시고. 나도 한껏 밝아진 얼굴로 나를 믿고 편의를 봐주셔서 감사하다고 말씀드렸다. 곧이어 회원 카드를 작성하고 건네 드리니 동갑이라고 하셨다. 같은 나이인데, 이렇게 책도 쓰고 꿈을 갖고 사는 모습이 멋있다고 하셨다. 나는 이실직고했다. "아니에요. 별거 없어요. 책도 거지같이 쓰고 있어요."라고.

오늘 아침 7시에 사장님께서 친히 독서실 도어락 비밀번호와 문 여는 법 그리고 시설물 이용 안내를 해주셨다. 그리고 드디어 내 공간에 입성. 좌우 양옆이 막혀 있고 위아래가 뚫려 있기는 하지만 가림 문도 달려 있어 꽤 독립된 공간이다. 자리에 앉아 타다다다 노트북 타이핑 소리를 두 귀로 즐기며 글을 쓰고 있다. 신난다. 오늘부터 진짜 '책 쓰는 여자' 해 보자! 아자아자 가보자!

# 남편에게 편지 건네기

글쓰기 수업 시간에 과제로 남편에게 쓴 편지를 지금껏 편지지에 옮겨 쓸 나만의 공간이 없어서 쓰지 못하고 있다가 인제야 이곳 독서실에 와서 드디어 옮겨 적었다. 오후에 가게에 가 주방에서 일하고 있는 남편을 확인하고 언제 줘야 할지 타이밍을 살피며 자꾸 남편 주변을 서성이니 남편도 좀 이상하게 생각하는 눈치였다. 내가 배가 고파서 그러는 줄 알고 배고프냐고 물었다. 그 질문을 듣고 나니 정말 배가 고파졌다. 우리 가게 윗집 돈까스 가게에서 돈까스와 냉모밀을 시켜 먹었다. 드디어 남편이 주방에서 할 일을 다 마치고 사무실에 가 앉아서 쉬고 있었다. 지금이다. 편지를 들고 가 멋쩍은 미소를 지으며 남편에게 내밀었다. 평소에도 우스갯소리를 잘하는 남편은 편지를 받아 들곤 "뭐야? 돈이야?" 했다. 누가 봐도 돈 봉투 아니고 연애편지 봉투인데. 어이가 없어서 웃으니 "돈 아니야?" 하며 편지를 열어보는 남편. 나는 얼른 자리를 떴다.

원종씨에게

원종씨, 글쓰기 수업 중에 남편에게 편지를 쓰라는 과제를 줘서 이렇게 원종씨를 떠올리며 편지를 써. 지금 이곳의 풍경이 어떠냐면 한쪽 벽면 가득한 유리창 밖에는 비가 차분히 내리고 있어서 그 촉촉함이 정원의 풀들을 더욱 선명하고 짙푸르게 하고, 카페 안의 오렌지빛 유리 전구가 창에 비쳐서 더욱 화려하고 로맨틱한 분위기를 자아내고 있어. 원종씨에게 편지를 쓰기에 딱 좋은 분위기야. 우리가 만난 지 어느새 올해로 10년이야. 원종씨의 존재는 뼛속까지 배려를 품은 사람의 따뜻함을 나에게 알려주기 위해 신이 보낸 선물인 것 같아. 불안정하게 갈팡질팡 못하는 방황의 날들 속에 내가 헤맬 때도 묵묵하고 든든하게 내 곁을 지켜주었던 우리 남편. 대부분 시간을 나 자신에게만 집중시키는 이기적인 나인데도 불구하고 옆에서 나의 가는 길을 응원해 주고 많이 배려해 주는 것이 정말 고마워. 아이들을 잘 돌봐주시는 어머니께도 감사하고, 그저 우리에게 더 줄 것이 없나, 늘 그 생각에 여념이 없으신 아버님도 그렇고. 이런 인연을 내가 원종씨 아니었으면 어디서 어떻게 맺을까. 난 그냥 아이 둘만 낳아 놓았을 뿐인데. 따뜻한 가족의 울타리를 둘러주는 원종씨의 나무 그늘이 참 감사해. 나도 더 좋은 아내, 더 좋은 엄마, 더 좋은 며느리가 되기 위해 고민하고 힘쓸게. 사랑하고 또 사랑해.

편지를 다 읽었을 것 같은 시간이 되어 남편에게로 갔다.

"다 읽었어?"
"응 그래."
"어땠어?"
"왜? 반응도 적어서 내야 해?"

헉. 푸 하하하. 역시 상황 분석이 빠른 남편.

"남 일하는 시간에 카페에서 편지 잘 썼네, 이런 느낌이지 뭐."

음, 역시! 우리 남편. 뼈를 담아 한 얘기인데 재밌다며 웃는 내가 푼수데기인지 모르겠지만, 난 남편의 그런 예리하고 직설적인 말들을 좀 좋아하는 편이다. 비주류스럽게. 오버하지 않고 조용히 툭툭 내뱉는 한마디 한마디가 순발력 있고 재치 있다. 나에게 없는 면이라서 더 좋은 것 같기도 하고. 아무튼 나는 우리 남편이 세상에서 제일 웃긴다. 감사한 일이다. 유머 코드가 맞는 사람이랑 산다는 건. 남편에게 편지쓰기 과제는 이렇게 유쾌하게 끝을 맺었다.

독립한 여자의 우아한 아침 식사

그래 지금이다! 쓰자! 아침 해가 바다 위에서 서서히 그러다 한순간에 떠오르듯, 글이 내 가슴 안에서 서서히 그러다 한순간에 떠올랐다.

아침 6시에 일어나 대충 양치만 하고 독서실로 달려왔다. 독서실 사장님께서 어제 우리 가게에 반찬을 사러 오셨다. 이런저런 담소를 나누다가 내 자리가 다른 자리보다 좁다고 말씀드렸더니, 아 그러냐며 그럼 내일 아침에 옆자리를 사용할 수 있도록 세팅해 놓겠다고 하셨다. 오늘 아침에 와서 다시 확인해 보니, 모든 칸의 책상이 내 책상이 튀어나와 있는 만큼 튀어나와 있었다. 분명히 일전에 내가 옆 칸까지 비교해 봤을 때는 옆 칸이 더 넓어 보였는데, 이상할 노릇이다. 자세히 살피지 않고 내 칸의 기둥에만 꽂혀서 내 칸이 당연히 더 좁을 거라는 편견에 휩싸여 진실을 왜곡했던 나의 눈과 뇌. 사람의 편견이 이토록 무섭다는 깨달음을 오늘 아침에 얻고, 낯선 옆자리 칸에 앉았다. 세팅이 옆자리로 되어 있어서 그쪽에만 불이 들어오기 때문이다. 9시에 사장님 오시면 원래 내 자리로 다시 세팅해달라고 죄송스러운 부탁을 드려야지.

책상에 모닝페이지를 쓰기 위해 앉았는데 떠오르는 생각도 없고 마음도 움직여지지 않았다. 머리와 마음이 계속 잠자고 있는 듯 고요히 멍하기만 했다. 어제부터 읽기 시작한 『제주에서 1년 살아보기』 책을 펼쳤다. 그래, 좀 읽다 보면 머리가 돌아가고 마음이 움직여지고 쓰고 싶은 글이 생기겠지. 역시! 내 생각이 맞았다.

이 책 저자의 생각을 따라가며 한 줄 한 줄 읽다 보니 어느새 일체감을 느끼며 내 가슴이 뛰고 있더란 말이다. 나도 이 분처럼 자유롭게 '머묾', '쉼'을 행하고 싶어졌다.

머묾
쉼

얼마 전 글 친구들과 여행을 떠나기 전날 메세지 창에 "오늘 밤, 잠은 올까요?"라고 쓰고 보니, 이 문구를 책 제목으로 써도 괜찮겠다는 생각이 들었다.

〈오늘 밤, 잠은 올까요?〉
그다음 날 무슨 일이 있기에! 이런저런 상상을 해 본다. 첫 강연이 있는 전날 밤, 친구들과의 여행 전날 밤, 첫 등교 전날 밤, 첫 출근 전날 밤. 뭔가 첫 시작의 설렘을 가득 안고 잠을 청해야 하는 그 전날 밤을 상상하게 되니 몹시 가슴이 뛰었다. 그리고 여기에 하나를 더 추가해 보았다. '지중해 시골 마을 1년살이를 떠나기 전날 밤'

그래! 내 나이 60. 내가 독립을 계획하고 있는 그때 나는 지중해 시골 마을로 딱 1년만 떠나야겠다. 프랑스도 좋고, 이탈리아도 좋다! 그렇다면 당연히 프랑스어든 이탈리아어이든 미리 공부해 두어야겠지. 그것도 좋다. 그곳에서 피아노 치며 글 쓰고, 책 만들고, 북토크도 하리라. 지중해 햇살을 머금고 자란 열매들, 과일들, 풀들로 신선하고 건강한 아침 식사를 차려 먹으리라!

〈독립한 여자의 우아한 아침 식사〉라는 책을 구상하며, 갓 채취한 싱그러운 식재료로 우아하게 차려 먹는 아침 식사 테이블의 사진을 담고 나의 감상을 적고 꽃밭을 노니는 자유로운 나비처럼 일상을 향유하는 삶. 그렇게 나만의 방식으로 머묾과 쉼을 누리리라. 이곳에서는 이 책 말고 한 권 더 계획이 세워진다.

〈예순, 예술을 위한 독립선언!〉
피아노와 하우스 음악회, 책 쓰기와 북토크로 이루어질 나의 예순의 예술. 지중해 시골 마을에서 나는 베토벤을 만나고 쇼팽을 듣고, 괴테를 만나고, 헤르만 헤세를 추적할 것이다. 지금 나는 꿈속에 있구나. 이 꿈이 현실이 되기를 밤마다 기도하고 머릿속에 그려야겠다.

# 1초 동안 일어날 수 있는 일

1초는 생각보다 길다. 평소 타이머를 맞춰 놓고 이런저런 일들을 하곤 하는데, 만약 나에게 필요한 시간이 5분이라면 '5분 5초'로 세팅해 놓는다. 그러면 그 5초 동안 꽤 많은 준비 활동을 한 후 본 활동에 대해 5분을 온전히 쓸 수 있기 때문이다. 그럴 때 보면 1초가 얼마나 생각보다 짧지 않은지 알게 된다. TV경연 프로를 보다가 수상자 발표를 앞두고 꼭 뻔한데도 바보같이 잊고 있었던 말 "60초 후에 돌아오겠습니다."를 얄미운 사회자의 입을 통해 듣게 되면, 순간 맥이 빠지고 그 지루한 60초를 앞으로 견뎌야 할 생각에 좀이 쑤신다. 그 60초 동안에는 광고 4편이 나온다. 한 편당 15초인 거다. 그 15초 동안 펼쳐지는 하나의 예술작품을 보고 있으면 종종 놀란다. 어떻게 15초 동안 이렇게 완성도 있는 스토리 하나를 펼쳐 보일 수 있을까 하고 말이다. 가끔 TV화면 우측 상단에 흘러가는 초를 표시해 줄 때가 있다. 60초만 기다려, 50초, 자자 40초, 이제 반만 더 하면 돼. 30초. 아직도 멀게 느껴진다. 이제 진짜 거의 다 끝났어. 4초 3초 2초 1초. 그때의 1초는 정말로 절대로 짧지 않다. 광고 작품이 마지막 1초의 한 방울까지 아낌없이 완벽하게 쓰면서 완성도 있게 마무리하는 것을 보면 1초의 위력이 느껴질 정도다.

1초는 짧지 않다는 이야기를 이렇게 장황하게 늘어놓을 필요가 있었는지 잘 모르겠으나, '샌프란시스코의 작가집단 GROTTO'의 35명이 단 하루 만에 완성한 책 『글쓰기 좋은 질문

642』의 제1번 '1초 동안 일어날 수 있는 일'이라는 주제로 모닝 페이지를 열었고 앞으로 한 시간 반 즉, 5,400초 동안, 이 글을 쓸 예정이다. 앞으로 최소한 642일 후에는 이 책에 있는 642개의 주제에 대해 글을 다 쓰고 책에 소개된 대로 자유와 창조의 도시 샌프란시스코로 날아가 GROTTO의 이 재기발랄한 작가들이 어떻게 함께 작업하고 수다 떨고 휴식하고 때로는 개인적으로 몰입하는지 구경하고 올 생각이다. 나는 분명 '최소한'이라는 단어를 써넣었다. 642일이 될지 6,420일이 될지 64,200일이 될지는 아무도 모른다. 6,420일을 계산해 보니 17년 6개월이다. 그렇다면 64,200일은 살아생전은 아니라는 뜻. 아무튼 이들에게 나는 몹시 호기심이 생긴다. 현재 작가, 저널리스트, 소설가, 영화감독, 시인, 비평가 등 다양한 예술가들이 건물의 한 층을 통째로 사용하며 소설, 기사, 영화, TV 시리즈, 단편소설, 시, 에세이 등 여러 분야의 예술작품들이 이곳 GROTTO를 통해 꾸준히 탄생하고 있다고 한다.

자, 그럼 다시 주제로 돌아가 보자. '1초 동안 일어날 수 있는 일'. 1초 동안에 이런 일이 벌어질 수 있다. 나는 아직 실제로 목격한 적은 없는데 사회개혁가 '야콥 리스'가 이런 말을 했다고 한다. "세상이 날 외면했다고 여겨질 때 나는 석공을 찾아간다. 석공이 100번 망치를 내리치지만, 돌에는 금조차 가지 않는다. 101번째 내리치자, 돌이 둘로 갈라진다. 나는 그 마지막 타

격으로 돌이 갈라진 게 아님을 알고 있다. 그것은 그전에 계속 내리친 일들의 결과다." 지나가던 사람이 우연히 쓱 이 101번째의 사건을 목격할 수도 있다. 그에게는 망치가 돌을 둘로 갈라놓는 일이 1초 안에 벌어진 일이다. 어떠한 현상이 서서히 진행되다가 작은 요인으로 한순간 폭발하는 것을 '티핑포인트'라 한다. '갑자기 뒤집히는 점'이라는 뜻으로, 작은 일이 모여 어느 한 순간 극적인 변화가 일어날 때 쓰는 말이다. 그 1초의 순간이 놀라운 충격으로 이목을 집중시키지만 사실 주목해야 할 것은 그 1초가 아니라, 그 이전의 작을 일들을 모으고 모으며 꾸준히 버텨냈던 긴긴 시간이라는 생각이 든다. 1초 이전의 돌과 1초 이후의 돌은 다른 돌이 되었다.

2019년 12월 6일 JTBC 티브이 프로그램 '슈가맨 시즌3'에 '양준일'이라는 30년 전 스쳐 지나갔던 가수가 출연하게 되었다. 그는 당시 미국의 플로리다주에서 아내와 아들과 함께 지내고 있으며 어느 한인 식당에서 서빙과 설거지를 담당하고 있다고 했다. 출연 제의가 들어왔을 때 망설이고 고민했던 건 하루하루 일당을 벌어야, 집 월세도 내고 생활비도 마련할 수 있는데, 일을 중단하면 당장 집세와 생활비 마련에 차질이 생기기 때문이라고 했다. TV 화면 속에서 말하고 있는 그에게 나는 시선이 잡혔다. 어쩌다 그 화려한 생활을 했던 연예인이 미국의 한 식당에서 설거지 일을 하며 한 달 한 달 집세와 생활비 걱정을 해야 하는 상황이 되었을까 궁금증이 일며 그에게 관심이 갔다. 그리고 방송 다음 날 포털 사이트에는 그에 관한 기사가 쏟아져 나왔고, 그는 2019년 12월 6일 이전과 이후로 다른 삶을 살게 되었다. 불과 한 달도 안 된 12월 25일에는 JTBC뉴스룸에 초청 게스트로 출연했고, 수많은 광고가 그에게 따라붙었으며, 팬카페는 일시에 불어났다. 그가 긴긴 시간 버텨온 삶에 '슈가맨 시즌3' 방송 출연은 티핑포인트가 되었다. 흔한 일은 아니다. 평생 묵묵히 자기 삶을 버티고 견디며 살아가던 어느 한 사람이 길을 가다 차에 치여 단 1초 만에 목숨을 잃을 수도 있는, 그런 허망한 일이 일어날 수도 있는 게 인생사다.

나는 소설가가 되는 게 꿈이다. 어느 날 아침 자고 일어났더니 내가 쓴 작품이 하룻밤 새 대박이 나서 스타 작가가 되었더라는 발칙한 상상을 하기도 한다. 그런 날이 올 수도 있고 안 올 수도 있다. 1초 만에 내가 정말 스타가 될 수도 있고, 아니면 이 세상을 떠나 별이 되어 갈 수도 있는 게 이 세상 삶 아니겠는가. 그래서 꿈을 꾸고 기분 좋은 상상을 하며 매일의 고됨과 애씀을 그런 줄도 모르고 그저 즐겁게 하루하루를 채워나갔다면 그 자체로 나는 내 인생의 승리자로 살았다고 자부하련다.

**혜정아 너도!**

정말 많은 일들을 하면서 이번 주를 보냈다. 벌써 이렇게 금요일이라니. 지난 월요일, 새벽 3시 반에 일어나자마자 씻지도 않고 가게에 나왔는데 조금 있으니 박셰프님이 출근했다. 4시 좀 넘은 시각에. 마주친 우리는 서로 놀랐다. 무서운 마음에. 아니 이 시간에 왜 출근? 박셰프는 오후 4-5시쯤 자서, 밤 12시에서 1시쯤이면 깨 그 뒤로 안 잔다고 했다. 아침에 일찍 나와서 일을 시작하면 마음이 편하단다. "아, 네에."

그다음 날 화요일에도 새벽 3시 반에 일어나자마자 가게로 나갔는데 이번에는 나보다 먼저 와 있었다. 마치 누가 먼저 오나 대결이라도 붙은 듯이.


지난 월요일엔 정말 바빴다. 내가 포스를 보는 오후 3시에서 퇴근하는 8시까지 손님이 끊임없이 들어왔다. 그날 새벽에 일어났기에 고전독서 모임을 위한 책도 읽고, 책 내기 위한 글도 한 꼭지 쓰고, 운동도 할 수 있었지, 그렇게 일어나지 않았다면 도저히 그런 것들을 할 시간을 내지 못했을 것이다. 화요일도 역시 3시 반에 일어나 모닝페이지를 쓰고 고전독서 모임 책을 읽고 경제투자 수업에 다녀왔다. 그리고 오후에 서울에서 고등학교 동창이 제주에 왔다. 나는 평소보다 30분 일찍 퇴근해서 협재에 있는 호텔로 그 친구를 만나러 갔다. 8시 조금 넘어 만난 우리는 새벽 1시까지 시간 가는 줄 모르고 수다를 떨었다. 오랜만에 절친을 만났으니 너무 좋아서 피곤한 줄도 몰랐다.

나는 장장 22시간을 계속 엄청 열정적으로 움직였다.

그다음 날, 같이 아침 8시에 호텔에서 나왔다. 우리 아이들을
어린이집에 데려다줘야 했기 때문이다. 이참에 친구가 우리 아
이들 얼굴도 보고 집에 계시는 어머니께 인사도 드렸다. 그리
고 함께 오전 10시 글 친구들 모임에 갔다. 친구는 옆자리에 앉
아서 내가 빌려준 책을 읽고, 나는 1시간 동안 책 출간 회의, 그
다음 한 시간은 고전독서 모임을 하고 그 자리에서 일어났다.
그리고 선흘에 있는 쌈밥 정식집에 가 밥을 먹고 근처 카페에
갔다. 그 카페는 내가 너무나 좋아하는 곳이었다. 내 친구 역시
그곳에 홀딱 반했다.

"야, 여기 은은히 나는 이 향도 너무 좋다."
"향 좋지?"
"응"
"모기향이야."
"푸 하하하."

친구는 내가 썼던 글들을 나의 강요로 읽어야 했다. 그러나
친구는 흔쾌히 읽고 피드백을 해줬다.

"너 앞으로 나 만나면 내 글 엄청나게 읽어야 해."

"어, 좋아!"

역시 내 친구. 오후 4시 반에 우리 가게로 함께 복귀했다. 확장 공사 된 주방과 옆 사무실 공간을 보여주고, 가게 음식을 싸 줬다. 호텔에 가져가서 먹고 쉬라고. 요즘 내가 중독된 청양고추 장아찌도 함께.

그렇게 수요일을 보내고 목요일인 어제는 조금 늦게까지 자고 일어났다. 6시! 어제는 아침부터 가게 일이 산더미였다. 초복이라서 삼계탕을 대량 준비해야 하는 것과 단체도시락 주문까지 들어와 있었다. 초복은 중요한 이벤트이기 때문에 긴장하며, 오늘 하루 무사히 잘 치러내기를 바라며, 가게에 하루 종일 붙어 있었다. 그렇게 해서 어제는 최고 매출을 찍었다. 삼계탕을 예약했던 어느 단골손님이 저녁때 오셔서 음료수를 주셨다. "오늘 하루 고생하셨을 텐데 이거 드세요." 세상에, 난 정말 눈물이 날 뻔했다.

어제저녁에 최고 매출 갱신 기념으로 남편과 둘이 퇴근 후 참치회를 먹으러 갔다.

"옆 반찬가게가 문을 닫았으니, 손님들은 더욱더 선택의 여지가 없어. 혹여나 우리 가게가 딱히 입맛에 안 맞아도 갈 데가 없는 거야. 그러니까 우리가 더 잘해야 해. 손님들한테 필요한 것을 더 맞춰 줘야 해."

"그래 네 말이 맞아. 이번 여름휴가 끝나면 본격적으로 한 단계 더 도약하자."

이렇게 일주일을 보내고 금요일이 되었다. 오늘도 역시 3시 반에 일어나 씻고 가게에 나오니 박셰프가 주방에서 불을 환히 밝히고 일하고 있었다. 나는 속으로 말했다. '박셰프님 성실하신 만큼 복 받으실 거예요.'

오늘 저녁에는 아버님 생신이라서 표선 시댁에 다녀와야 한다. 하는 일이 너무 많아서, 해야 할 일이 너무 많아서, 바쁘고 정신없지만 모두 다 그럭저럭 해내고 있는 나 자신에게도 속으로 한마디 했다. '혜정아, 성실한 만큼 너도 복 받자.'

# 냄비 속 개구리

아, 독서실 내 자리. 이곳에 앉아 자판을 두드리며 마음속 말들을 쏟아내기까지 참 멀고도 멀고 길고도 길었다. 어제 단 하루 이곳에 오지 못했지만, 이곳이 너무너무 그리웠다. 유일한 나만의 공간. 어제는 소독과 대청소를 위해 휴관하는 날이었다. 며칠 전에 사장님께서 전달해 주셨는데도 잊고 있다가 한 번 더 확인 문자가 온 것을 보고야 기억해 냈다. 문자 아니었으면 새벽 같은 아침에 나왔다가 헛걸음치고 되돌아갈 뻔했다. 독서실이 휴관한다는 말을 들으니 왜 그렇게 힘이 빠지던지. '아침에 내가 갈 곳이 없구나'라고 생각했다.

힘 빠지는 마음에 늦잠만 실컷 잤다. 그래봤자 6시 기상이지만. 화요일은 경제투자 수업이 있는 날이다. 화요일 아침마다 가지 말까, 하고 고민한다. 가지 않으면 개인 시간을 확보할 수 있으니까. 그런데 할 일을 제때 하지 않으면 찝찝해질 것을 뻔히 알기에 결국 간다. 가서 소장님의 강의를 들으면 또 그렇게 세상 좋을 수가 없다. 수업을 마치고 친구들과 점심을 먹고 가게로 돌아오는 길에서 늘 뿌듯한 마음을 느낀다. 그래 오길 잘했어. 내 할 일을 했어.

오늘 수요일. 글 친구들과의 미팅이 있는 날. 지난주 글 수업 끝나고 집에 가는 길에 다음 주 우리끼리의 모임은 하지 않아도 되지 않느냐며 제의했다. 역시 개인 시간을 확보하고 싶어서

였다. 그런데 막상 수요일이 가까워져 오니 마음이 찝찝했다. 만나면 즐거운 시간이 될 게 뻔한데. 글 친구들도 한주 건너뛰는 건 아쉽다고 하기에 결국 오늘 만나기로 했다. 오늘 이른 아침부터 내 마음은 벌써 그곳에 가 있다. 빨리 만나서 우리끼리의 케미를 느끼며 그 충만한 기쁨의 공기를 얼른 들이마시고 싶다. 이럴 거면서. 건너뛰려고 했었다니. 경제투자 수업도 글쓰기 수업도 모두 즐겁고 유익하고 유의미하다. 그러나 개인 시간 확보에 대한 갈망도 크다. 오늘 아침 6시에 가게에 가서 내가 정비해 놓아야 하는 일들을 해 놓고 스텝들에게 지시 사항을 메모해 놓고 필요한 것이 있어서 제스코 마트에 장을 보러 갔다가 다시 가게에 갖다 놓으면서 마음속으로는 내내 얼른 이곳 독서실 책상에 앉아 글을 쓰고 싶은 열망이 들끓었다. 어제도 그렇게 앉아서 쓰고 싶었지만 짬이 나지 않았던 시간. 오늘 아침 운전을 하며 이곳저곳 볼일 보러 돌아다니는 동안 생각해 보았다. 쭈욱, 나만의 시간을 쭈욱, 갖고 싶은데 그게 안 되는구나. 이곳 독서실에서도 9시가 되면 자리에서 일어나 아이들을 어린이집에 데려다주러 다녀와야 한다. 도대체 나는 언제 쭈욱, 쭈욱, 쭈욱, 나만의 시간을 가질 수 있을까? 그런데 문득, 그런 사람이 얼마나 되나 싶었다. 그렇게 사는 사람이 흔할까. 모두 생업이 있고 일상에서 해야 할 일들이 있고 더욱이 아이를 양육하고 있는 엄마라면 나처럼 이렇게 한 두 시간이라도 개인 시간을 마련한다는 게 결코 쉬운 일이 아닐 것이다. 문득, '내가 없음에

만 집중하고 있었구나. 있음! 개인 시간 있음에 감사했어야 하는데'라는 생각이 들었다. 몇 시간, 몇십 분, 조각난 시간일지라도 있음에 감사하고 집중하면, 잘 활용하고 이어 붙일 수 있을 텐데, (사실 꾸역꾸역 그렇게 살고 있기는 하지만) 마음 안에 불만족의 에너지를 채우는 것과 만족과 감사의 에너지로 채우는 것은 엄연히 다른 일이었다. 조각난 시간일지라도, 이만큼이라도 확보할 수 있음에 감사하며 공손하고 겸손하고 겸양한 마음으로. 말만 하지 말고. 어떻게? 어제 소장님이 말씀하신 대로 명사화된 말을 동사화된 행동으로! 일단 불만의 마음을 없애는 것으로 실천을 해봐야겠다. 불만의 마음을 없애고 있는 것에 감사하다고 생각하자. 아이들을 아침저녁으로 돌봐주시는 어머니께도 감사한 마음을 수시로 상기시키자. 어제 경제투자 수업에서 한 동료가 중학생 아이들과 남편을 집에 두고 홀로 1년 독립해 나왔다고 했다. 순간적으로 부러운 마음이 일어 격한 반응을 보였다. "정말 대단하다. 어떻게 그럴 수 있어? 완전 부럽다. 독립이라니. 내 꿈인데. 나는 집에 어머니가 계시니까 집에 있어도 내 집 같지 않아. 집도 그렇고 가게도 그렇고 혼자 있을 공간이 없어. 그래서 나는 독서실을 끊었어."

집에 돌아오는 길에 내가 했던 말들을 되뇌어봤다. 나 참 지질하고 못났다는 생각이 들었다. 어머니 덕분에 누리고 있는 혜택들은 싹 잊고 없음에만 꽂혀서 불만의 마음을 품고 있었다. 참 간사하고 욕심은 끝이 없었다. 백날 공부하고 글 쓰고 좋은 강의 듣고 그러면 뭐 하나 싶었다. 아직도 가야 할 길이 멀고도 험하다는 생각이 들었다. 요즘 스스로가 참 마음에 안 든다. '배부른 돼지'라는 말이 딱 맞는다. 식탐이 폭발해 계속 입을 즐겁게 하고 배를 채운다. 절제할 생각도 없다. 욕구에 집중되어 있다. 그러니 좋은 글도 나올 수가 없다. 들떠있고, 욕구에 집중되어 있고, 편하게만 추구하려는 나. 흠, 싫어진다, 스스로가. 요즘 내가 왜 이럴까, 생각해 본다. 왜 이렇게 들떠 있고 절제를 못 하고 게을러지고 못나졌다. 요즘 남편과 사이좋게 잘 지내고 있고, 글 친구들과 즐겁게 지내고 있고, 가게도 잘 굴러가고, 어머니께서 아이들을 잘 돌봐주시고, 꿈도 있고, 해야 할 일도 있고. 아, 내가 너무 편안하게 지내고 있었구나. 이럴 때 조심해야 하는데. 내가 그래서 요즘 이렇게 해이해지고 나태해졌구나. 모든 게 너무 순조로워서 오만방자했구나. 냄비 속에서 점점 따뜻해지고 있는 물을 즐기고 있는 개구리가 되고 있었구나. 조금 있으면 팔팔 끓어 죽게 될 사실은 모르고 아무런 위기의식 없이 안주했던 개구리처럼, 내가 그러고 있었구나. 너무 즐거웠다. 너무 좋기만 했다. 그러니까 들떠 있었다. 그래서 생각이 둔해지고 욕구에 집중하게 됐다. 흠, 마음을 가라앉히고 차분히 생각을 해보자. 이제 이 글도 그만 쓰고 나를 다시 한번 돌아보자. 매 순간 깨어 있자. 냄비 속 개구리가 되지 말고. 늘 깨어 있자. 제발.

# 살던 대로 살자

.

독서실에 다닌 지 어느덧 한 달이 되어서 그저께 갱신을 했다. 사장님이 "요즘 왜 아침에 안 나오셨어요?"하고 물었다.

"제가 요즘 집에서 4시에 나오는데 그 시간에는 여기로 올 수 없으니까, 가게로 가서 있다가 보면 그냥 쭉 가게에 있게 되더라고요."
"아, 그럼 4시에 문 열고 들어올 수 있도록 해드릴게요."
"어머 너무 감사해요. 제가 실내등도 안 켜고 딱 제자리 불만 켜놓고 이용할게요."
"안 무서우시겠어요?"
"전혀 안 무서워요."

사실은 좀 무서울 것도 같았다. 그런데 그게 대수인가. 이만큼 편의를 봐주시는 것도 감사한데 전기를 낭비할 수는 없는 일. 아무튼 그래서 오늘은 4시에 독서실로 바로 왔다. 쓰고 있는 책의 원고 〈출산 한 달 만에 달려간 곳, 피아노〉를 쓰다가 첫 연주회 때 영상을 보게 되었다. 독서실에 나 혼자 있으니, 이어폰을 안 끼고 그냥 틀어서 보았다. 피아노 학원에서 성인반만 개최한 조촐한 연주회였는데, 나는 쇼팽의 녹턴 Op9. No2를 연주했다. 가만히 화면 속의 내 모습을 보고 있자니, 스멀스멀 짠한 마음이 올라왔다. 녹턴의 선율은 내 연주 실력과는 별개로, 그저 너무 아름다운 곡이라서 역시 좋았다. 그 선율 때문인지 아니면 출산한 지 두 달쯤 된 때라 아직 부기가 안 빠진 몸으로 연주하고 있는 내 모습이 처량해 보여서인지 울컥한 감정이 일었다. 나는 왜 이렇게 애쓰며 살고 있는 건지. 뭐 때문에 그렇게 출산 한 달 만에 피아노 학원에 등록하고 부기도 안 빠진 몸으로 서너 시간씩 연습하며 연주회 준비를 했는지. 도대체 나는 왜 새벽 맷바람부터 일어나서 독서실 사장님께 유난스러운 부탁을 드리며 이렇게 나오는 건지. 이 열정은 과연 무엇인지. 누가 시킨 것도 아니고 내 욕심에 그러고 있으면서 스스로 짠하고 위로받고 싶고 격려받고 싶은 이 자기연민과 나르시시즘은 또 무엇인지. 그 당시에는 이렇게 아름다운 곡을 연주할 수 있게 되었고 여러 사람 앞에서 선보이고 있다는 게 자랑스럽고 뿌듯했었다. 그런데 지금은 영상 속 내 모습이 솔직히 좋아 보이지만은 않았다. 나의 욕심과 조급함이 내 몸을 이리저리 끌고 다니는 것처럼 느껴졌다. 그렇다면 과연 나에게 느슨하고 여유 있고 편하게 살고 싶은 그런 마음이 있기는 한 걸까. 나는 느슨하고 여유 있고 편안하면 우울해진다. 아이러니하게도 편하면 편할수록 세상 무기력해지고 우울해진다는 걸 숱한 경험을 통해 알고 있다. 그러면 어쩌란 말인가. 어쨌든 당분간은 지금 내가 살고 있는 방식을 바꿀 생각은 없다. 어쩌면 내 안에서의 지지도 내 안에서의 비난도 그다지 상관하지 않을 마음의 태세인지도 모른다. 결론은 버킹엄인가. 아침에 연주 영상을 보다가 울컥거리며 올라왔던 감정 때문에 이 글을 쓰기 시작했다가 결국엔 그냥 '살던 대로 살자'로 끝나는 멋대가리 없는 모닝페이지만 하나 완성됐을 뿐이다.

# 자연을 닮아가는 늙음

표선 시댁에 와있다. 아이들에게 마당에 튜브로 된 미니 수영장을 만들어 주고 수영복을 입혔다. 둘째인 아들한테는 누나가 어릴 때 입었던 핑크색 수영복을 물려 입혔다. 그래서 더 귀엽게 느껴지는 건 어른들만의 맛이겠지. 이다음에 아들 녀석이 커서 지금 모습의 사진을 보게 되면 원망할지도 모를 일이다. 아이들에게는 물놀이의 유희가 시작되었고, 나는 그 틈을 타 혼자 집안으로 피신해, 에어컨 바람을 쐬며 몸을 뉘었다. 아이들의 물놀이 유희가 끝날 때까지는 자유로울 예정이다.

두 아이가 노는 모습을 잠시 지켜보며 시간이 그리고 세월이 흘러가고 있음을 인식했다. 어릴 때 내 동생과 내가 알콩달콩 노는 모습을 보며 엄마 아빠 할머니께서 자주 하시던 말씀이 있다. "얘들이 이렇게 컸는데 내가 안 늙고 배겨!" 그저 무심히 흘려들었던 그 말이 몇십 년이 지나, 이렇게 내 귓전에 생생히 들릴 줄은 꿈에도 몰랐다. 산다는 게 뭘까. 그 진부한 물음. 아이러니하게도 그렇게 진부해질 정도로 숱하게 많이 던져진 질문임에도 결론지어진 정답이 이 세상에는 존재하지 않는다.

정답이 없다는 게 정답일 뿐. 가끔 아이들 목소리를 녹음한다. 인형 놀이 하며 혼자 일인다역을 맡아 뭐라 뭐라 떠드는 소리, 백설 공주 이야기를 잠자리에서 나에게 들려주는 소리, 노랫말을 자기 멋대로 지어 부르는 소리 등등. 녹음된 소리 안에는 내가 느꼈던 감정의 분위기와 그날 그 시간의 공기도 함께 붙들어 둔듯하다. 그렇게 흘러가고 사라지는 것에 대한 아쉬움을 녹음의 의식으로 달랜다.

아이들의 모습에서 나의 어릴 적 모습이 보이고 지금의 내 모습에서 어릴 적 우리 엄마 아빠의 모습을 본다. "얘들이 이렇게 컸는데 내가 안 늙고 배겨!" 늙는다는 건 생과 죽음 사이에 놓인 다리이다. 어떻게 늙어갈 것인가. 어떻게 그 다리를 건너갈 것인가. 억지 부리지 않고 인위적이지 않고 너무 애쓰지 않고 자연스럽게, 있는 그대로 순수하게, 그래서 고유하고 고유해서 아름다운 나만의 인생 다리를 건너가고 싶다.

도둑맞은 물건

2015년 그때 나는 이혼을 했다. 눈에는 보이지 않지만, 불길한 검은 연기가 늘 내 주위를 둘러싸고 있는 듯한 느낌이 드는 시절이었다. 힘든 시기였다. 내가 자초하기도 했고, 어, 하며 하릴없이 휩쓸려 떠내려간 것도 같다. 이혼하기 전 집을 먼저 나왔다. 마치 도망치는 사람처럼 간단히 옷가지만 챙겨 들고나왔다. 옷장 안에는 나름의 호시절에 샀거나 선물 받았던 귀중품들이 꽤 있었지만 모두 그대로 두고 나왔다.

얼마 후 그것들을 모조리 도둑맞았다는 소식을 들었다. 그 당시 집을 내놓은 상태였고, 남편이 집에 아무도 없을 때 부동산에서 문을 열고 들어와 집을 볼 수 있게 현관 도어락 비밀번호를 알려준 상태였다.

범인이 누구인지는 잡지 못했다. 사실 별로 범인을 잡고 싶은 의지가 없었다. 남편도 나도 당시의 상황만으로도 버거워 더 복잡한 일을 만들고 싶지 않았던 것 같다.

아까웠다. 아깝고 안타까웠다. 집을 나올 때 그냥 모두 들고 나올 걸 하고 후회되기도 했다. 만만히 당한 것에 자존심이 상했고 불쾌한 기분도 들었다. 내가 내 물건을 책임지지 못한 것에 대한 자책감도 들었다. 그러다 어느 순간 체념했다. '그래, 처음부터 내 것이 어디 있나, 차라리 잘 됐어. 이제는 어차피 나

에게 어울리지도, 필요하지도 않은 물건들이야.'

옷장 속의 귀중품처럼 모두 다 그렇게 잃어버리고 떠나보냈던 2015년. 모든 것을 비워낸 폐허에 다시 해가 비치고, 나의 영과 육의 언저리를 맴돌던 검은 연기도 차츰 걷히고, 살아갈 미래가 다시 그려지기 시작했다. 지금까지와는 다른 방식, 다른 방향으로.

이제는 애초에 쉽사리 잃을 수 있고 도둑맞을 수 있는 것들에 대해서 그다지 욕심이 생기지 않는다. 지금 내 마음에 이는 욕이 한낱 부질없는 것은 아닌지 전보다 더욱 민감하게 살펴보게 된다. '공수래공수거'라 했던가. 애초에 내 것이 어디 있고, 최후에 내 것이 어디 있으랴. 다만 사심, 잡념, 집착을 버리고 청정 일념의 가벼운 마음으로 자유로이 사는 것만이 나의 진정한 소망이다.

# 은밀한 여행

은밀한 듯 내밀한 듯 이른 새벽,

미켈란젤로와의 밀회를 즐긴다.

그의 별난 열정과 신음하는 고통을,

피렌체에 대한 자긍심과 신에 대한 경외를,

육체의 미에 대한 집착과 탐구를,

괴팍한 듯 하지만, 그 안에 숨겨진 따뜻한 인간애를.

집중하며 나의 정신세계에 그를 초대한다.

오묘한 그의 세계를 오롯이 느껴본다.


　　라고, 동인지 〈바이엘〉 홍보용 인스타에 피드 업로드 요청을 하고 오랜만에 모닝페이지를 열었다. 새벽 5시 집에서 나와 컴컴한 길을 달리다 저 앞에 훤하게 불이 켜 있는 우리 가게 앞을 지나게 되었다. 이미 출근해서 열정의 불을 밝혀 음식을 뽑아내고 있는 프로 셰프님들. 잠시 좋은 기운을 받고 다시 어둠의 세계를 달려 독서실에 도착. 독서실 도어락 비번을 띠띠띠띠 누르고 띠리릭 문을 연다. 복도의 실내등을 켜지 않은 채 컴컴한 복도를 지나 내 자리의 문을 연다. 그곳에 마련돼 있는 한 점의 별 같은 내 세상. 이곳이 이렇게 새벽마다 나를 불러들이는구나! 자리에 앉아 책을 펴고 요즘 공부하고 있는 '미켈란젤로'의 세상으로 또다시 여행을 떠난다. 15, 16세기 이탈리아의 피렌체와 로마. 로마시대의 영광을 부활시키고자 하는 르네상스 신흥의 붐이 일면서 들떠 있는 그 도시에 나도 날아가 그

구경에 한참 신이 나 있다. 그 시대 예술의 서막을 올린 조토를 시작으로 레오나르도 다 빈치, 미켈란젤로, 라파엘로, 티치아노, 코레조 등 수많은 천재들이 그곳에서 활개를 치고 있다. 그중에 나는 미켈란젤로에게 시선을 꽂고 조금 더 아래로 조금 더 깊이 들어가 그를 만나본다. 자신이 조각할 대리석을 굳이 본인이 직접 채석장에서 고르고 골라 이동시키는 데만 이삼 년의 시간을 보내고 있는 미련한 건지 집념이 강한 건지 아니면, 천재적인 신념인 건지, 아무튼 시선을 끌 수밖에 없는 그의 유별난 열정의 행적은 결국, 감동과 존경심을 갖고 지켜볼 수밖에 없는 위대한 작품들을 만들어 내고야 만다. 그에게 눈길을 두길 잘했다. 그의 삶을 더 들여다 보길 잘했다. 실망시키지 않는다. 처절하고 처량맞다. 쫌스럽고 고통스럽다. 그래서 좋다. 이 천재의 자발적인 구질구질함이 내 마음을 붙든다. 쉽게 헤어나오지 못할 것 같은 이 매력적인 캐릭터에 정신을 빼앗겨 있다가 보면 어느새 9시가 될 것이다. 이 환상의 여행을 마치고 아이들을 어린이집에 데려다주러 가야 할 현실의 시간. 내일 이 시간을 다시 기약하며 아쉬움을 접어야 하는 시간. 은밀히 떠나는 이 여행은 내 별에서 일어나는 나만의 유쾌한 비밀!

**일상인듯 아닌듯**

어제저녁 가게에서 스트레칭을 열심히 했는데 자는 내내 어깨와 팔이 너무 아팠다. 집에 와서 아이들을 목욕시키고 번쩍 들어 올려서 그랬나, 근육이 뭉친것 같았다. 어깨가 아파서 잠을 이루지 못할 정도라니, 이렇게 한심하게 나이가 들어가는 건가 생각하다 잠이 들었고 새벽 3시 50분에 눈이 떠졌다. 하지만 몸을 생각해서 다시 잠을 청했다. 잠을 적게 잔 날은 양 눈가가 유난히 더 쳐진다. 그런 몰골이 보기 싫어서 억지로 더 잤다. 하지만 깊이 잠들지 못하고 다섯시 반쯤 다시 깼다. 손을 씻고 양치하고 집에서 나왔다. 독서실에 가 도어락 비번을 눌렀다. 1234* 문이 안열린다. 틀렸단다. 헉. 매일 아침 여는 문인데 이럴 수가. 다시 눌러 보았다. 1111* 이제 문이 열린다. 오늘 아침 기분이 묘하다.

어제 남편이랑 티격태격했다. 낮에 독서실에 와서 책 보고 있는데 갑자기 전화를 걸어 와서는 화를 버럭 냈다. 일을 똑바로 하라는 내용이었다. 내가 뭔가 놓친 것에 대해 그가 짜증을 내고 있었다. 깜빡 놓칠 수도 있지 왜 사람 기분 나쁘게 하냐며 나도 맞불을 났다. 그럼 직접 하던가 라고 했더니 직접 하겠단다. 오후에 가게에 가서 일을 하며 곰곰이 생각해보니 그가 짜증이 날 만도 하다 싶었다. 역지사지. 그의 마음이 헤아려졌다. 그런데 태도 전환이 잘 안됐다. 그냥 퉁명스러운 공기를 계속 유지하는게 더 편하고 쉽게 느껴졌다. 그래도 마음 한쪽은 시리고, 외로워졌다.

오늘 아침 남편에게서 뜻하지 않은 카톡이 왔다. 생일축하 메세지와 함께 본인의 꿈을 이루며 살아가는 나의 모습이 멋있다고 쓰여 있었다. 나도 요즘 부쩍 당신이 멋있어 보인다는 말로 답장을 했다. 사실이었다. 종종 멋있고 따뜻한 이 사람이 내 남편이고 우리 아이들 아빠여서 감사하다고 느낀다.

마흔두 해를 꽉 채웠다. 여전히 부족하고 어리석고 못나서 이따금 내가 너무 싫었다. 늘 새로워지기를 거듭나기를 꿈꾸는 것도 그래서일 거다. 마흔세 번째 해를 시작할 때는 그래도 희망을 품어보자! 어리석고, 성숙하지 못한 티는 덜어내고 조금 더 나은 인간이 되기를. 어깨도 팔도 아프지 않게, 앉았다 일어날 때 아이구 아이구 하며 일어나지 않게, 가뿐하고 건강하기를. 매사에 여유를 갖고 즐기기를. 급한 것도 없고, 절대적으로 필요한 것도 없지 않은가. 모든 것은 나의 선택을 받는 것일 뿐.

# 균형점 찾기

며칠 전 핸드폰 메모장에 이런 말을 적어 놓았다. "나는 앞으로 나의 감각을 믿고 존중할 것이다. 감각 위에 우선하는 것은 없다. 감각대로 살아가자." 왜 이런 말을 적었을까? 가게 일, 아이들 챙기는 일, 이 정도는 내 나이대의 일과 가정이 있는 사람이라면 보통으로 하는 일이다. 그에 더해 나에게는 책 보는 일, 글 쓰는 일, 모임 활동하는 일이 덧붙어 있다. 늘 처음에는 가볍게 즐기면서 할 거라고 시작하지만 어느새 보면 책임을 맡고 있고, 프로젝트와 기한이 있는 '일'이 되어 있다. 어릴 때부터 일을 벌이는 것을 좋아했고 무언가에 책임을 맡는 것에 별 거부감이 없었다. 학교에서나 모임에서 "누가 할래?" 하면 "제가 할게요."라고 주저 없이 나서곤 했다. 난 왜 그랬을까? 그 역시 그 분위기에 대한 책임감으로 그랬던 것 같다. 제안한 사람에 대해 아무도 반응하지 않을 때 '이 분위기 어쩔!'하는 상황이 오기 전에, 내가 나서야 한다는 책임감. 그래서일까 난 어릴 때부터 책임감이 강하다는 말을 많이 들어 왔다. 맞는 말인 것 같다. 난 책임감이 강한 사람이다. 타고난 천성인 것 같다. 그에 대해서 어떻게 생각하느냐고? 음, 내 삶이 좀 피곤하기는 하지만 어차피 내가 감당할 수 있는 정도, 딱 그 만큼이기에 버겁거나 부담스럽지는 않다. 나의 이런 천성이 일을 불러오고, 그로 인해 내 삶은 늘 바쁘다. 그래서 스케줄을 잘 짜야 한다. 많은 일이 차례 없이 뒤섞여 있으면 온갖 잡동사니가 널브러져 있는 도깨비시장 같은 방을 눈앞에 두고 뭘 어디서부터 치워야 할지 몰라 넋이 빠지게 되는 것과 같은 상태가 된다. 그래서 몇 시에 기상 그다음 몇 시에 어디, 그곳에서 무엇, 이런 식으로 정해 놓고 일 처리를 해야 많은 일로 내 정신을 사납게 하지 않고 하나하나 처리해 나갈 수 있다. 그런데 그렇게 하다 보면 하나가 둔해지는 것이 있다. 바로 감각이다. 나의 욕구에 대한 감각. 감각이 둔해진다는 것은, 창작활동을 하는 사람에게는 취약이나 다름없다. 가게 일을 하는 것도, 글 쓰는 일을 하는 것도 모두 창작활동이다. 감정과 감성이 일어야 거기에서 관계의 기가 흐르고 내 안에서 솟구쳐 오르는 감정을 표출하고 싶은 욕구가 치밀어 오르는데, 시간에 맞춰 일을 하는 것에 초점을 두고 있다 보면 어느새 감정과 감성이 메말라 있고 표출하고 싶은 욕구나 감정도 딱히 없다는 생각이 들게 된다. 비교적 게을러질 때는 나의 감각이 말랑말랑해지고 예민해지는 것을 느낀다. 그때그때 일어나는 욕구에 따라 공부하고 행동하니 공부가 더 재미있고 행동이 더 능동적으로 변해 있었다. 내가 메모장에 써 놓았다고 했던 말, "나는 앞으로 나의 감각을 믿고 존중할 것이다. 감각 위에 우선하는 것은 없다. 나의 감각대로 살아가자."는 바로 이러한 것을 느꼈을 때 쓴 말이었다. 그렇지만 이번에는 반대로 많은 일이 미루어졌다. 제때 다 하지 못했다. 이제는 균형을 맞춰야 할 것 같다. 늘 인생은 '균형점 찾기'인 것 같기도 하다. 스케줄에 맞춰 사는 것과 감각에 따라 사는 것 사이에 어떻게 균형점을 찾아갈까. 이제 어린이집에 아이들을 데려다 주러 갈 시간이다. 이 시간을 맞추기 위해 지금 균형점을 찾아보려 했던 나의 감각은 잠시 중단이 된다. 시간에 맞추기와 감각에 맞추기. 지금 나는 그 줄다리기 사이에서 때로는 좌로 때로는 우로 흔들거리며 서 있다.

**요즘 어때?**

20년 된 인연, 대학생 때 과외 지도를 했던 제자가 한 명 있다. 여자인데, 그 친구가 중3이었을 때 처음 만났다. 얼마 전 제주에 왔다 갔는데, 또 연락이 왔다. 이번에는 어머니와 함께 여행 왔다고 했다. 어머니를 오랜만에 뵙는다는 반가운 마음에 가게로 모시고 오라고 했다.

"나는 너 얼마 전에 왔다 갔는데 또 전화가 오길래 임신했나 했어. 하하하"
"하하하 그건 아니에요."
"아무튼 또 보니까 좋다. 가까이 사는 것 같고. 하하하"
"그렇죠. 지난번에 왔었던 게 3월이었으니까."
"뭐라고? 네가 왔다 간 게 3월이라고?"
"네. 3월. 그때 친구랑 왔다 갔잖아요."
"그래 맞아. 그런데 그게 3월이라고? 헐. 나는 한 두세 달 전쯤인 줄 알았어. 그게 정말 3월이야? 그럼 6개월 정도 된 거네?"

나는 순간 너무 놀라워서 잠깐 멍해졌다. 3월이라니. 3월이라는 그 시간이 너무나 아득히 먼 저 옛날처럼 느껴졌다. 분명이 친구와 지난번에 만나고 나서 시간이 얼마 안 지난 것 같은데, 그게 그렇게 오래된 일이었다니.

3월에 그 친구가 왔을 때 함께 비자림에 갔었다. 그때 그곳을

천천히 산책하며 긴 대화를 나누었다. 30대 중반, 삶의 길을 가고 있는 선희(그 친구의 이름이다)는 이런저런 고민이 많았다. 얼마 안 된 결혼 생활에 대한 적응, 친정 집안의 이런저런 문제들, 본인 개인의 앞날, 진로 등등. 나는 선희에게 독서 모임을 권했다. 사람들과 함께 책을 읽고 이야기 나누다 보면, 시야와 생각이 확장되고 그러면 마음의 여유도 생기는 것 같다고 말했다. 그러면서 나도 지금 고전독서 모임을 하고 있는데 얼마 안 됐고, 지금까지 3권밖에 진행이 안 됐지만 그것만 해도 벌써 나에게 많은 변화가 생긴 것 같다고 얘기했다. 그때 읽었던 데미안, 변신, 논어에 관한 이야기도 전했다. 그리고 이런 말도 했다. "다음 달부터 글 쓰기 수업도 시작할 예정이야. 엄청나게 바빠질 것 같아. 그래도 한 번 해보려고. 도전!"

이런 이야기를 나누었던 3월이 어쩜 그렇게 까마득히 멀리 느껴지는지. 그 자체가 나에게 충격이었다. 마치 순식간에 지나간 것 같은. 정말 쏜살같이 그렇게 지나간 지난 6개월. 나에게는 무슨 일들이 있었나. 괴테의 '젊은 베르테르의 슬픔'을 읽었고, 노자의 '도덕경'의 한 구절을 오랫동안 생각했고, 그래서 나만의 '자유'의 개념을 제 1정의와 제 2정의로 정립했고, 까뮈의 '페스트'를 읽었고, 제인 오스틴의 '오만과 편견'을 읽다 말았고, '오해'라는 화두에 대해 지금까지도 생각하고 있고, 헤르만 헤세의 대작 명작 걸작 인생작 나의 인생책 '유리알 유희'를 두 번째 읽고 있으며, '노인과 바다'를 읽는 동안 그 지루함을 견뎌냈고, 그 외에도 많은 책을 읽었고, 내 인생의 또 다른 동반자 지앵 언니와 유넹을 만났고, 함께 공저를 내기 위해 20꼭지 정도의 원고를 써냈고, 거의 매일 모닝페이지를 썼으며, 120군데의 출판사에 투고 했고, 거절 당해봤고, 다음 플랜 B를 생각하고 있으며, 올해 연말에는 책이 나오게 할 계획이고, 글쓰기 모임 '글쓰는 실험실'을 만들었고, 노트도 제작했으며, 니콜 님의 제안으로 우리 글친구들과 함께 월간 동인지까지 만들게 되었고, 10월에 그 창간호가 나올 예정이다. 그리고 작가가 되겠다는 꿈을 굳혔다. 이게 6개월 동안 있던 일이다. '선희야, 나 6개월 동안 이렇게 살았어. 6개월 전과 지금 나는 완전히 다른 사람이 된 것 같아.' 이 말을 직접 전한 건 아니지만 선희와 어머님이 가시고 난 후 나는 멍하니 충격 속에 빠져 헤어 나오지 못했다. 정말 밀도 있게 유의미하게 생산적으로 살아온 것 같았다. 곰곰이 생각해 보니 30대 이후로 나는 계속 이렇게 엄청난 속도로 변화무쌍하게 지내온 것 같았다. 선희와 통화하면서 이런 이야기를 나눈 적이 있었다.

"그렇지. 우리가 뜸하게 가끔 연락하는데 내가 그때마다 굵직굵직한 사건을 전해줬지. 어느 날 전화하면 결혼한다고 하고, 어느 날 전화하면 이혼했다고 하고, 어느 날 전화하면 또 결혼한다고 하고, 어느 날 전화하면 고시 공부를 시작했다 하고,

어느 날 전화하면 임신했다 하고, 어느 날 전화하면 제주도에 이주했다고 하고, 어느 날 전화하면 반찬가게를 하고 있다고 하고. 그랬지. 나도 참."

"맞아요, 언니는 늘 새로운 소식을 전해줬어요."

이쯤에서 숨 고르기가 필요해. 타이핑을 멈추고 잠시 가만히 있었다. 지금 이렇게 타이핑을 하며 지난날을 다시 떠올리니 새삼 정신이 없어서 잠시 멈추어야 했다. 나는 왜 이럴까? 이제 좀 천천히 살아볼까? 그게 될까? 정신의 기의 흐름이 무척 빠른데 육의 기는 잘 따라오고 있나? 문제는 없나? 하는 생각들이 지나간다. 결국은 나의 성향대로 나답게 나아가겠지만 중간 중간 안부 점검은 필요할 것 같다. "혜정아, 요즘 어때?" 이 한마디!

# 친구의 독사진

얼마 전 친구 현정(가명)이가 이삿짐을 정리하다 발견했다며 20여 년 전의 사진 다섯 장을 보내왔다. 고1 때 같은 반 친구들의 이름과 전화번호와 주소를 빼곡히 적어놓은 수첩 사진이 한 장, 네 명이 단짝이 된 우리가 춘천으로 여행 가 함께 찍은 사진이 세 장, 그리고 마지막은 현정이의 20대 초반 당시 앳된 얼굴이 크게 클로즈업된 독사진이었다. 추억이 떠올라 애틋해지는 마음으로 사진들을 넘기며 보고 또 보았다. 지금으로부터 이십여 년 전의 일이니, 그동안 강산은 두 번 정도 바뀌었을 것이고, 사진 속 친구들과 나는 또 얼마나 많이 변했을까. 나이 지긋한 어른이 해맑은 아이들을 바라보는 시선의 온도로 사진 속 우리들의 모습을 바라보며 우리끼리 지지고 볶았던 수많은 일들을 아련하고 아득한 시간 속에서 아름다운 추억으로 뭉뚱그려 보았다. 그리고 현정이의 독사진을 한참 동안 바라보았다. 뜻밖의 슬픔과 같은 미묘한 감정이 밀려왔다.

고등학교 졸업 후 우리 네 명 중 셋은 대학교에 들어갔고, 현정이는 대학에 가지 못했다. 공부도 잘하고 똑똑한 친구였는데 가정 형편이 마땅치 않아서였다. 소녀 가장처럼 엄마와 두 동생의 생계를 그녀가 짊어지고 있었다. 명동의 한 백화점에서 판매직 일자리를 구해 종일 그리고 주말에도 일했다. 사진 속 현정이의 얼굴에는 당시의 고단함이 묻어 있어 흑백사진이 아닌데도 흑백처럼 느껴졌다. 우리는 친구였는데 나는 그 당시 그녀에 대해 얼마나 알았던가. 친구에 대해 마음을 얼마큼 쓰고 얼마큼 헤아렸던가. 미안한 마음이 밀려왔다. 나는 그 시절의 현정이를 잘 모른다. 그 친구가 하루하루의 시간을 어떻게 보냈는지. 어떤 고민을 안고 살았는지. 누구를 자주 만났고 누구와 친하게 지냈는지. 어떤 일들로 상처를 받기도 했는지. 어떤 꿈을 안고 있었는지. 우리 넷은 주기적으로 만났고 해마다 동쪽으로 서쪽으로 함께 여행을 다녔다. 그러나 대학생이 된 나는 나의 새로워진 생활패턴과 주변 환경에 온 신경을 뺏겨 옛 친구를 살피는 눈이 어두워졌었다. 그녀의 아무렇지 않게 웃는 얼굴이 진짜인지 아닌지 제대로 보지 못했다. 나는 내 친구를 잘 알지 못했다.

현정이에게 사진을 본 소감을 전하기 위해 전화를 걸었다. 수첩에 적혀 있는 우리 고1 때 같은 반 친구들 이름이 왜 이렇게 반갑냐고 주소까지 꼼꼼히 적어놓았더라고, 지선(가명)이는 성형 전 사진 어떡하느냐고, 지켜주지 못해 미안하다며 현정이랑 나는 깔깔 웃었다. 그리고 조금 있다가 "네 독사진은 왠지 모르게 마음이 좀 그랬어"라고 나직이 말했다. "나는 그 시절의 너를 얼마나 알고 있을까 하는 생각을 했어. 너무 내 생각만 하고 살았어. 너무 하루하루 성급하게 살았어. 그때 나는 참 성급했어."라고 말했다. 친구는 어른스러운 목소리로 아이를 달래듯 차분히 말했다. 스무 살의 우리는 모두 성급했어. 그땐 다들 그랬어. 스무 살은 그런 나이야. 그러니 그래도 괜찮은 거야.

흠, 친구의 너그러운 포용력은 나의 못남을 못나지 않음으로 변신시키는 사랑의 묘약이었다. 우리가 이렇게 서로 허심히 마음을 털어놓을 수 있는 나이가 되었다는 게 좋았다. 우리가 함께한 시간이 그만큼 오래되었다는 게 좋았다. 그동안 우리 사이에서 함께 자라온 여유와 신뢰가 사무치게 감사했다.

우리는 계속 이렇게 나이 들어가겠지. 못난 내가 크게 변하지는 못하겠지만, 여전히 때에 따라서는 서로의 사정을 다 말 못 할 수도 있겠지만, 늘 그래왔던 것 한가지, 우리는 친구라는 이름의 자리를 뜨지 않고 잘 지켜왔다. 아마 앞으로도 계속 대수롭지 않은 듯 그렇게 그 자리를 지키며 나이 들어갈 거다. 그럴 거다.

# 남편의 도전

남편이 기타를 배우기 시작했다. 내가 글쓰기를 열심히 할 때부터 본인도 뭔가 취미거리를 찾아 헤매더니 이제야 정해진 모양이다. 가게 스탭들도 주말을 보내고 월요일이 되면 저마다 주말에 했던 취미생활 이야기를 늘어놓느라 시끌벅적 이다. 누구는 스쿠버다이빙, 누구는 베이킹, 그리고 우리 남편은 이제 부터 기타. 기타를 들고, 다리를 꼬고, 헐렁하게 앉아 있는 폼이 제법 멋있다. 남편에게서 지금까지 보지 못했던 모습이라 마음마저 설렌다. 오늘이 배우기 시작한 지 4일 차인데 벌써 곡 하나를 연주한단다. 혼자 유튜브를 보며 연습한 것이란다. 한번 해보라며 나는 관객으로 자리를 잡고 앉았다. 남편이 생애 첫 기타 연주를 하며 노래를 천천히 부르기 시작했다.

"토실토실 아기 돼에지 젖 달라고 꿀꿀꿀, 엄마 돼지 오냐 오 오냐 알았다고 꿀꿀꿀."

단 두 개의 코드 A와 E만으로도 연주가 가능한 '엄마 돼지 아 기돼지'가 우리 남편의 첫 연주곡이었다. 나는 박수를 크게 쳤 다. 짝짝짝짝짝. 언젠가는 라디오 헤드의 '크립'이나, 비틀즈의 '헤이쥬드' 혹은 '원스' 이런 것도 들을 수 있는 날이 오겠지.

# 복귀를 앞둔 주말

내가 좋아하는 토요일 아침인데 몸은 무겁고 일어나기는 싫고 한없이 늘어져 있고만 싶은 날이다. 홀 매니저님이 그만두게 되어 가게 홀을 내가 다시 맡게 되었다. 남편이 몹시 반기는 눈치다. 그동안 독서 모임에도 가고, 강의도 들으러 다니면서 하고 싶었던 것들을 누리니 참 좋았다. 그러한 것들에 대한 욕구와 갈증을 실컷 해소하며 지냈다. 가게 일은 sns 홍보와 메뉴 올리기만 재택근무로 했다. 그러나 마음 한쪽에서 언제부터인가 우리 가게에서 팔다리를 열심히 움직이며 일하고, 가게 직원들과 함께 호흡하고, 고객들을 직접 대면하며 소통하는 생생한 삶의 현장이 그리워지기 시작했다. 사람들과 함께 몸이 바쁜 일을 하고 싶은 본능이 깨어났다. 둘째를 낳기 전에 가게에서 그렇게 일했던 시간이 삶의 활력 그 자체였다는 생각이 들었고 그 맛을 다시 보고 싶어졌다. 다음 주 월요일부터 다시 출근이다. 그동안 즐겁게 해오던 피아노와 경제투자 강의, 글쓰기 수업, 독서 모임을 위한 시간도 함께 마련해 놓았다. 내려놓지 않았다. 포기하지 않았다. 아직 이 모두를 다 챙겨가는 시간이 시작되지 않아서 버겁다고 느끼게 될지 할만하다고 생각하게 될지 모르겠다. 그런데 내가 아는 것 한 가지가 있다. 내가 할 만하다고 내 마음을 세팅해 놓으면 난 탁 그렇게 해내는 힘이 있다는 것. 미국의 자동차 회사 포드 회장인 헨리 포드가 한 말이 있다. '할 수 있다고 생각하든, 할 수 없다고 생각하든 당신이 모두 옳습니다.' 그렇다면 나는 할 수 있다고 생각하는 쪽을 선택

하겠다. 이번 주말 재정비를 잘해 놓아야겠다. 다음 주 월요일
부터 준비 시작이다.

박완서의 『그 남자네 집』

요 며칠 푹 빠져 읽었던 박완서 소설 『그 남자네 집』에 대한 이야기를 조금 해 보고 싶다. 가슴 속에 감정 배설물이 많이 쌓여 있는 듯, 지금까지도 울컥거리고픈 심장의 떨림이 느껴져서 일단은 좀 토해내야 할 것 같다.

박완서 님 특유의 인물 묘사는 정말 압도적이다. 인물들의 표정, 몸짓, 차림새, 말투, 몇 마디 단어만으로도 그 속뜻과 의도와 함축된 의미를 모조리 적나라하게 파헤쳐 버리는 명민하고 날카로운 투시력. 그것은 통찰을 넘어 어떤 초인적인 능력인 것 같은 그런 느낌이 들게 한다. 옷을 입고 서 있어도 그 안에 있는 형태의 진실을 모두 간파당할 것만 같다. 더욱 놀라운 것은 제삼자뿐 아니라 당신 자신에 대해서도 그렇게 알몸을 드러내듯 적나라하게 까발린다는 점이다. 그 알몸이 그렇게 공감과 위안을 불러일으킬 수가 없다.

『그 많던 싱아는 누가 다 먹었을까』와 『그 산이 정말 거기 있었을까』에 이은 세 번째 자전 소설이자, 생전의 마지막 작품인 『그 남자네 집』에서 보인 이러한 인물과 심리묘사는 이제 놀랍지도 않다. 박완서 님 그분의 지당하신 천부적 자질이 만들어 내는 것임을 일말의 의심 없이 받아들일 수밖에 없다는 이야기이다. 그렇다면 나는 어째서 이렇게 새삼스럽게 여전히 그 여운에 가슴이 떨리고 마음이 축축한 느낌이 드는 것일까. 어느

지점에서 이렇게 매료된 것일까.

가만히 생각해 보니, 그것은 이 세 권을 읽어오는 동안 한국 전쟁 전후의 시대 속에서 우리 윗세대분들이 겪어온 것들, 아니, 그 생존을 위협받는 어려운 시대에 생명 가진 사람으로서 기꺼이 살아남고 살아 냈다는 사실이 내 마음에 켜켜이 쌓여 농도 짙은 애잔함을 찐득하게 자아내고 있기 때문이었던 것 같다. 그리고 그것은 나를 매우 숙연해지게 했다. 그 숙연함 때문에 왠지 나는 부끄럽고 자꾸 눈물이 나올 것만 같이 가슴이 울렁울렁하는 것 같다. 박완서 님의 마지막 작품 『그 남자네 집』 안에서도 거의 마지막 끝부분에서 전혀 주인공이 아닌 것 같았던 인물 '춘희'의 길고 긴 대사는 지금 내가 살고 있는 같은 땅에서 그저 조금 먼저 태어나 살다 간 우리 할머니들, 어머니들의 이야기였고 그것은 나의 검고 아픈 뿌리와 같은 것이었다. 개인성을 넘어선 동족에 대한 동류의 감정, 감정의 밑바닥 뿌리까지 흔들어 대는 깊은 연민, 그것은 다시 나 개인에게로 회귀해서 나는 자꾸만 슬퍼지는 것이다. 살아 내느라 수고했다. 애썼다. 그 말이 자꾸만 맴도는 거다. 훌륭한 문학은 이렇게 뼛속까지 깊이 찌르고 파고들며, 나의 정체성을 다시 한번 재정립해 주기까지 하는가 보다. 이 땅의 모든 춘희에게 전하고 싶다.

"잘 살아 내셨습니다. 살아 내느라 애쓰셨습니다. 마음 깊이 존경합니다."

# 경쟁 가게 이야기

우리 가게에서 100미터도 안 되는 곳에 경쟁 가게가 오픈하고 나서 나와 남편은 비상 모드로 돌입했었다. 그런데 남편과 나의 그 색깔이 조금 달랐던 것 같다. 고백하자면 나보다 남편은 훨씬 더 거시적인 시각에서 우리 사업의 현주소를 점검하고 나아가야 할 길에 대한 설계에 집중했다면, 나는 경쟁 가게 그 자체에 꽂혀서 신경을 예민하게 곤두세우고 마음속에 부정적이고 독한 기운을 품었던 것 같다. 그래서 정신은 그 경쟁 가게로 향해서만 날카로워지고 그 외인 것들에는 무디고 둔해지게 되었다. 삶의 중요한 것들이 그 외인 것들에 많이 속해 있는데도 말이다. 예를 들면, 하루 일과의 리듬을 잃지 않는 것, 그래서 운동을 빠트리지 않고, 아침에 일찍 일어나서 책을 읽고 하는 일들 같은 것들. 수면 시간과 기상 시간은 일정함이 없이 들쑥날쑥해졌고, 식사도 아무렇게나 아무 때나 하게 되었다. 점점 더 건강하고 건전한 에너지가 아닌 예측 불가능하고 충동적이고 독한 에너지에 의해서 나를 움직이게 되었다.

어느 대상을 하나 두고 지속해서 부정적인 시각으로 바라보는 것, 그리고 그 대상으로부터 피해의식을 갖는 것 모두 점점 나의 정신을 피폐해지게 하고 있다는 것을 어느 순간 깨달았다. 경쟁의 본질에 대해 다시 한번 생각해 보았다. 상대가 나를 패하게 하기 전에 내가 나를 패하게 할 수도 있겠다는 생각이 들었다. 사안의 본질은 '너 죽고 나 죽자'가 아니라 내가 어떻게 살아남을 것인가였다. 초점의 각을 틀어야겠다는 생각이 들었다. 경쟁 가게가 아닌 우리 고객들에게로. 우리 가게를 어떻게 더 매력적으로 어필할까, 어떻게 한 명이라도, 한 번이라도 더 우리 가게에 오게 할까. 그것에 에너지를 모으니 부정적이고 독한 기운이 빠지면서 몸도 편안해짐을 느꼈다. 사실 독기를 품었던 며칠 동안 정말로 왼쪽 허벅지 뒤쪽 근육이 담이 온 것처럼 뭉쳐서 너무 아팠고 거동이 불편할 정도였다. 몸의 어느 한구석이 아프니까 문득 삶 자체가 막막해지는 기분이 들었다. 이 불편한 상태가 영원히 지속될 것 같고 나는 이제 아무것도 못 할 것 같은 생각이 들며 며칠 동안 우울하고 막막했었다. 그런데 지금은 다 나았고 마음도 편안해졌다.

며칠 전에 심심풀이로 MBTI검사를 해 보았다. 약 10분간 (꽤 길게 느껴졌음) 몇십 가지 질문에 답을 하고 나면 나의 성격 유형을 알려주는 것인데, 그 질문 중에 이런게 있었다.

'당신은 감정의 지배를 받는 타입인가요?'

질문들에 빠르게 답을 표시해 오다가, 이 질문에서 탁 막혔다. 한참 생각해 보았다. 스스로 좀 의외였다. 감정의 지배를 받는다...... 음, 그런 것 같았다. 사실 나는 그 부분에 있어서 어느 정도 자신이 있는 줄 알았었다. 그런데 막상 답을 해야 하는 순간을 맞닥뜨리니까 자신 있게 '아니다'가 안 나왔다. 사람은 누구나 감정의 영향을 받는다. 그런데 내가 그 누구나에 해당한다는 사실을 받아들이는 게 쉽지 않았다. 예전에 스티븐 코비가 쓴 『성공하는 사람들의 일곱 가지 습관』이라는 책을 보았는데, 거기에 쓰여 있는 첫 번째 습관이 바로 주체적으로 살라는 거였다. 그 주체적이라는 말은 외부에서 주어지는 상황에 의해 감정을 휘둘리지 말고 내 감정을 주체적으로 통제하라는 이야기였다. 정말 멋진 말 같았고, 그때부터 그 말을 자주 떠올리며 정말 그런 사람이 되기 위해 의식을 많이 기울였던 것 같다. 그런데 막상 커다란 위협이 오니 나의 그 의지가 꽤 부실한 것이었음을 깨닫게 된 거다. 스스로 창피했다. 편안한 상태에서, 안전이 보장된 상태에서는 누구나 할 수 있는 것, 그런 것들로 나 자신을 과대평가하고 있었다. 진국인지 아닌지는 위기에서 드러나는 법이다. 위기에서도 흔들림이 없어지려면 그 내공이 대단하지 않고서는 안 되는 일일 것 같다. 어른이 되고 싶다. 살아온 세월만큼, 겪었던 일만큼, 고민하며 분투했던 것만큼, 내공이 쌓여버린 그런 어른. 경쟁 가게 그게 뭐라고. 나의 진정한 대적은 바로 나 자신이라는 것. 그것을 잊지 말자.

# 자유시간

가끔 이런 상상을 한다. 나의 필요와 취향에 최적화되어 있는 나의 공간, 홀가분한 싱글이고 다음 날은 일정이 없어 마음에 아무런 부담이 없는 여름 밤, 샤워를 막 끝마치고 나와 상쾌한 기분에 짤깍 맥주캔을 따고, 책을 읽는 상상.

지금 나는 싱글은 아니지만, 샤워를 하고 나와 맥주를 마시며 정유정 작가의 『7년의 밤』을 손에 들었다. 책으로 스릴러물을 보는 것은 처음인데 이런 느낌도 처음이다. 그게 어떤 느낌이냐면, 그동안 써먹지 않았던 감각기관들이 자극받는 느낌, 깨어나는 느낌, 확 열리는 느낌이다. 쫄깃쫄깃하고 무섭고 떨리고 궁금하고 조마조마하고 그런 것은 너무나 당연해서 오히려 의연히 받아들이는 중이고, 머리와 몸 구석구석의 세포들까지 또렷하게 각성하고 책 속의 장소와 시간과 이야기에 집중하고 있는 이 느낌, 아, 너무 매혹적인 느낌. 나는 기꺼이 사로잡힌다.

밤 10시까지 방 불을 훤하게 켜놓고 혼자 책 속의 세상에 들어가 헤어 나올 줄을 모르다가 두 아이가 잠을 못 자고 계속 놀고 싶어 들뜬 채 방황하는 모습이 보여서, 잠시 책을 덮고, 집안의 모든 불을 끄고 아이들을 재웠다. 15분쯤 후 아이들은 모두 잠이 들었고 나는 다시 거실로 나왔다. 『7년의 밤』을 들고서. 이 글을 마치고 나면, 나는 다시 그 세계로 들어갈 거다. 두근두근.

# 남편과 나

어제는 우리 가게에 세미나 단체 도시락 주문이 117개 있는 날이었다. 임시 스탭을 더 고용해서 진행해야 하는 만만치 않은 일이었다. 그러나 나는 매주 월요일에 있는 '인디자인 책 만들기 수업'에 가야 했다. 정규 스탭들에게 특별히 더 꼼꼼히 일을 지시하고 가게를 겨우 빠져 나왔다. 내가 하고 싶은 것과 개인적으로 해야 하는 것을 위해 그동안 일의 매뉴얼과 시스템을 구축해 와서 가능한 일이었다. 그러나 같이 일하는 남편의 불만을 사는 일은 피하지 못했다. 결혼생활 15년차. 아이가 생긴 후로는 9년차. 아이가 생기기 전이나 생긴 이후나 내가 한결같이 꾸준히 해온 것은, 내가 하고 싶은 것을 포기(희생)하지 않았고, 가정에 집중(헌신)하지 않았다는 것이다. 남편이 나에게 희생과 헌신을 바라는 것은 아니겠지만 남편의 입장에서는 개인적인 행보에 더 많은 에너지를 쏟는 아내를 달갑게 생각하지 않을 것이라는 건 인지상정으로 충분히 헤아려진다. 요즘 우리 부부는 대화를 오래 이어나가기가 어렵다. 주로 퇴근 후 저녁 식사 자리에 마주 앉아 이런저런 이야기를 나누게 되는데, 어느 정도 시간이 지나면 남편의 말투가 날카로워지고 언성이 높아지고 나는 입과 마음을 닫아버리는 상황이 반복된다. 내 입장에서는 말이 통하지 않는다는 생각이 들어 하고 싶은 말이 없어지고, 남편의 입장에서는 그동안 마음 속에 나에 대해 쌓여 있던 불만이, 지금의 나의 모든 행보와 말들에 덧입혀져 실제의 현재보다 더 크고 더 예민하게 받아들이는 것 같다. 그 속

마음에서 새어나오는 비난의 기운이 남편의 얼굴 표정과 말소리의 크기와 속도에 담겨있다. 나는 귀가 따가워져 그만 자리를 뜨고 만다. 남편이 피하지 말라고 하면 그 소리가 또 명령인 것처럼 고깝게 들려서 더욱 그 자리로 되돌아가지 않는다. 멀리서 남편의 한숨소리가 들려온다. 나도 마음이 답답하다. 나도 상황이 악화되는 것은 원하지 않는다. 어쩌면 이럴 때 필요한 것은 대화가 아니라 행동의 변화일 지 모른다. 행동으로 마음을 표현하려면 말보다 더 오랜 시간이 걸리지만 신뢰를 회복하기에는 그것이 더 나을 것 같다. 상대가 나에 대해 품고 있는 불만의 요소들을 곰곰이 헤아려보고 나를 다시 한번 돌아보고 "내가 부족해, 내가 미안해, 앞으로 잘 할게. 가정에 가게에 더 신경쓸게"라는 말보다는 진짜로 가정에 가게에 더 신경쓰는 그 어떤 '행동'들이 필요한 시점인것 같다. 내가 양쪽 손에 사탕을 가득 쥐고 있는 욕심 많은 어린 아이와 같다는 것을 나도 잘 안다. 하지만 한편으로는 '그게 나인걸 어떡하나'라는 생각도 든다. 남편의 마음과 나의 마음 둘 다를 헤아리고 균형을 찾는게 지금 내게 주어진 숙제인 것 같다. 앞으로 더 잘 살아가려고 이런 시기도 있고 이런 고민도 하는 것이겠지. 더 잘. 무엇이 '더 잘'인지 명확하게 정의되지는 않지만, 최소한 남편과 나의 관계가 더 악화되는 것은 나도 원하지 않는다. '같이 산다'가 '더 잘'이고 '같이 안산다'가 '악화'인 이런 식의 개념은 아니다. 남편의 마음과 나의 마음이 상대방과 상황을 조금 더 수긍하고 인정하고 둘 다에게 좋은 길을 찾는 것. (여기서 길은 인생길이 아니라 방법의 길이겠다.) 그래서 둘 다의 마음이 평온해지는 것. 그러기를 바란다. 긴 시간 먼 길이 될 것 같은 예감이 들지만 의지에 따라 더 짧게 더 빨리 호전될 수도 있을 것 같다. 기회가 되면 차분히 이런 마음을 전해봐야겠다.

오늘 밤에는

어제 이곳 제주에는 눈이 많이 내렸다. 지금 역시 창밖에는 눈보라가 날리고 있다. 제주는 가운데 한라산을 중심으로 어느 방향으로 얼마나 떨어져 있느냐에 따라 동네마다 기온 차가 크게 난다. 내가 살고 있는 아라동은 이렇게 눈이 펑펑 날리는 날에는 도로가 빙판길이 되어 운전이 자유롭지 못하다. 그래서 이런 날은 가게에 아침 일찍 출근 후 저녁 여덟아홉 시에 퇴근할 때까지 어디 돌아다니지 못하고 가게에 콕 박혀 있거나 쉬는 시간에는 근처 카페에 가 있다. 그래서 방학 중인 초등학교 1학년 첫째 딸이 어제 하루 종일 집에 혼자 있었다. 중간에 남편이 집에 와서 먹을 것 등을 챙겨주기는 했다. 저녁에 퇴근하고 집에 와 딸을 만나니 얼마나 반가운지. 얼마나 기특한지. 큰 소리로 "엄마"하고 외치며 나한테 안기는 아이의 얼굴과 몸에서는 여전히 활력이 넘치고 밝은 기운이 가득했다. 얼마나 다행인지. 속으로 '잘 있었구나' 했다. 집안 꼴은 엉망진창이었지만. 온갖 쓰레기(휴지, 과자 봉지, 과자 부스러기, 하드아이스크림 막대기 등)와 장난감들, 먹다 아무 데나 내버려 둔 컵, 벗어 놓은 옷, 쓰고 내팽개쳐 둔 수건 등이 이곳저곳 널브러져 있기는 했지만 뭐, 익숙한 광경이다. 같이 퇴근한 남편은 아이들 먹을 거리부터 챙겼고, 나는 집 안 정리를 했다. 버리고 제자리에 놓고 빨래방에 갖다 놓고 설거지통에 갖다 놓고 왔다 갔다가 하면서. 그때도 아이 둘은 옆에서 가득 찬 에너지를 방출하며 화통 삶아 먹은 목소리로 말하고, 아이스크림을 만들겠다며 초코우

유와 흰 우유와 쥬스를 식탁 위에 늘어놓고 아이스크림 케이스에 부으며 그 주변에 흘리고, 어느새 바퀴 달린 책상 의자를 끌고 나와 서로 앉겠다고 싸우고. 흠, 정말 정신없고, 딱 혼자 있고 싶어지지만, 하루 종일 엄마와 아빠가 옆에 없었다는 사실만으로도 아이들이 가여워서 '별일, 별 탈 없는 게 어디냐, 이만해도 감사하다, 아이들이 저렇게 밝고 즐겁게 잘 노니 다행이다.' 하고 생각과 마음을 고쳐먹는다. 건조기 속에 있던 빨래를 갖고 나와 거실에 앉아 개키는 동안 아이들은 티브이 프로그램 '신비아파트'에 빠져 그새 조용해졌다. "신비아파트 보지 마."라고 입은 말하면서도, 아이들을 조용히 있게 해주는 그 힘에 사실 의지했다.

빨래 정리가 끝나고 방으로 들어와 점핑 보드를 갖다 놓고 운동을 시작했다. 점핑 보드 위에서 제자리 뛰기 하듯 뛰는 것이다. 뛰면서 눈앞에 '하와이 대저택'이라는 유튜브 채널을 틀어 놓았다. '하와이 대저택'님의 부드러운 중저음 톤의 목소리가 들들 볶였던 귀를 정화해 주는 느낌이다. '패러다임'에 대한 이야기를 하신다. 내 삶의 패러다임. 내가 원하는 삶을 만들어 가기 위해 마인드 세팅을 할 때 그 기본 바탕을 변화 이전의 패러다임에서 변화하고 싶은 이후의 패러다임으로 바꾸어야 하고 그 위에 마인드 세팅을 해놓으면 변화된 행동은 자연스럽게 따라오고, 변화해 나가는 중에 자꾸 예전으로 회귀시키려는 악

마의 유혹의 뿌리가 이전 패러다임이라는 사실을 이해하면 쉽게 뿌리칠 수 있게 된다는, 그리하여 새로운 패러다임에 맞는 새로운 정신과 습관이 몸이 배고 내면화된다는 이야기였다. 패러다임, 알고 있는 단어였는데 더 뾰족하게 내 가슴을 찌르고 파고들었다. 내 삶의 판을 바꿔라. 생각의 판을 바꿔라. 잠자고 있는 나의 잠재력을 깨워 일으킬 새로운 패러다임. 충분히 설득력이 있었다. 시간 공간 사람이 나의 환경이고, 그중에 내 주변에 있는 '사람'이 내가 가는 길의 종류와 질을 결정하고 공간과 시간이 그 길의 모양새가 된다는 것. 말 참 잘하신다. '하와이 대저택'님.

운동과 유익한 이야기 듣기를 동시에 하고 씻고 나오니 11시 반이다. 아이들 역시 그 시간까지 안 자고 있었기에 아이들 재울 준비를 하고 물을 마시고 화장실에 다녀오고 뭐 좀 이것저것 하니 금세 또 12시. 그리고 오늘 아침 역시 5시에 일어났다. 운동과 유튜브 보기를 포기했으면 아이들과 함께 놀아줄 시간, 책을 읽어줄 시간을 만들 수도 있었겠다. 아니면 조금 더 일찍 재울 수 있었거나. 놀아주기, 책 읽어주기, 일찍 재우기 이 세 가지 모두를 해주는 엄마였으면 우리 아이들에게 얼마나 좋았을까. 애석하게도 나는 그렇지 못한 엄마다. 그래도 오늘 하루는 시도해 볼까. 내일은 또 내일에 맡기고, 앞으로는 앞으로에 맡기고, 일단 오늘 밤은 해볼까. 오늘 하루는 할 수 있지 않을까. 어제 말한 행동의 변화. 가정에 조금 더 신경 쓰는, 어떻게 보면 제스처, 하지만 마음을 담으면 그건 진짜. 나는 마음이 가는 대로 움직일 것이고 오늘 밤 나의 마음이 어디로 가는지, 나를 지켜보자.

# 그리움은 그렇게 만들어지는가

오늘도 역시 4시 45분 알람을 듣고 눈을 떴다. 새벽에 잠깐 잠이 깼었는데 시계를 보니 1시였다. 3시간 넘게 더 잘 수 있다는 사실에 얼마나 안도했는지. 잠시 잠깐 찾아온 강렬한 행복이었다. 창문을 열었는데 바람이 차지 않다. 요 며칠 눈보라가 날렸던 강추위에 비하면 아주 포근한 느낌이다. 삼일 정도 추웠으니 사일 정도 포근하려나.

어제 퇴근 후엔 마음먹고 아이들과 시간을 보냈다. 되게 모처럼 엄마 노릇 하는 사람처럼 딱 그렇게 "얘들아, 읽고 싶은 책 가져와 엄마가 읽어줄게"하고 결의에 찬 사람처럼 단단하게 말했다. 여덟 살 아이는 심드렁하게 들은 척 만 척 보고 있던 핸드폰을 계속 보고, 다섯 살인 둘째만 신나서 방에 뛰어 들어가 책 한 권을 들고나왔다. '이 닦기'에 대한 교훈에 담긴 책이었다. "자아, 우와, 이것 봐봐, 우와, 이랬어요, 저랬어요, 치과에 갔대, 충치 무섭다, 그렇지? 이건 뭐야, 우와, 웃긴다, 정우도 이 잘 닦을 거예요?" 이런 말들이 내 입에서 흘러나왔고, 우리 아들은 모처럼 엄마 노릇 하는 엄마를 격려하는 차원에서인지 격하게 리액션을 해줬다. "웃기지?" 하면 바닥에 등을 대고 누워 배를 잡고 데굴거리며 메소드 연기에 가까운 리액션을 해줬고, "입속에 충치균이 살았대요." 하면 자기 입을 크게 벌리고 나보고 보라고 하기도 하고 "앞으로 이 잘 닦을 거예요?" 했더니 바로 가서 치카치카를 했다.

"자, 이번에는 뭐 하고 놀까?" 하니 아들이 방으로 들어오란다. 그리고 침대 앞에 앉으란다. 핸드폰으로 음악을 틀더니 침대 위에서 열심히 흔들어 댄다. 첫째 딸도 들어와 합류한다. 서로 올라가겠다고 싸우길래 순서를 정해줬다. 아이들의 갑작스러운 뜬금포 싸움은 으레 따라붙는 불변의 코스. 첫째가 한 번 둘째가 한 번 번갈아 가며 무대 위에서 신나게 춤을 추는 동안 "잘한다 잘한다." 추임새를 넣고 손뼉을 치며 아이들에게서 눈을 떼지 않았다. 그러다 갑자기 눈물이 핑 돌았다. 엄마가 온전히 자기들만 바라봐 주고 있는 이 순간을 절대 그 무엇에게도 빼앗길 수 없다는 듯이 내 눈길을 놓치지 않으려고 얼마나 애를 쓰는지. "엄마 봐봐" 할 때 잠깐 봐주는 거 말고, 꽤 한동안 계속 눈을 떼지 않고 바라봐 주길 그동안 얼마나 바라왔을까. 핸드폰 말고, 집안일 말고, 엄마 볼 일 말고, 오로지 자기들에게만 온전한 관심을 쏟아주는 그 시간을 얼마나 기다려 왔을까. 엄마가 자기를 보고 있는지 아닌지 계속 내 눈을 쳐다보며 열과 성을 다해 흔들어 대는 아이들을 그런 마음으로 지켜보고 있다가 나도 일어나 같이 몸을 흔들어 댔다. 아이들과 신나게 춤을 추고 나니 운동이 따로 없었다. 몸이 후끈해지고 온몸에 피가 도는 느낌이 들었다. 첫째가 "엄마 이제 숨바꼭질하자" 한다. 그때 시각은 10시 5분. 이제 씻고 잘 시간이니 내일 하자고 했다. 그랬더니 지금까지 놀아준 공은 싹 잊은 듯이 나를 야속해하며 삐쳐버린다. 흠. 현실 타임. 그래도 아이는 아이니까 "토요일에 숨바꼭질 열 번 해줄게."라고 달래는 말이 금세 풀어졌다.

오늘 밤은 남편이 아이들을 데리고 시댁에 가서 자기로 한 날이다. 그래서 나는 오늘 밤 혼자만의 시간을 갖는다. 내가 그토록 좋아하고 원하는 혼자만의 시간. 하지만 오늘 밤은 조금 그 느낌이 다를 것도 같다. 아이들이 있을 때의 소음과 정신없이 흘러가는 풍경을 조금은 그리워하게 될지도. 한참 동안 아이들을 바라보고 함께 춤을 추었던 그 잔상이 진하게 남아서 말이다.

마음이 새털처럼 가볍다

단단함과 말랑말랑함의 양극을 자유자재로 넘나들 수 있는 감각이 키워져 한동안 마음이 새털처럼 가벼운 상태가 지속될 때 내가 성장했다는 자긍심을 느낀다. 포기를 결단하는 능력, 결심을 추진하는 능력, 마음의 중심을 잡는 능력은 점점 더 단단해지고, 나와 다름을 포용하는 일, 상대방의 마음을 헤아리는 일, 자신의 무력함을 받아들이고 겸허해지는 일에는 마음이 이전보다는 많이 말랑말랑해졌음을 느낀다. 점점 더 많이 내가 접하게 되는 다양한 상황에 빠르게 적응할 수 있게 된 것이다. 늘 그럴 수 있는 것은 아니다. 그러나 예전보다는 점점 더 그러한 일들이 많아지고 자유로워진 기분이다. 부지런히 움직이고 시간을 아껴 다양한 공부에 힘을 쓰는 건 바로 그런 이유 때문이기도 하다. 마음이 새털처럼 가벼운 상태를 유지한다는 것, 이것은 골치 아픈 일을 내일로 미뤄버리고 기분 좋은 환각에 취해 지내겠다는 뜻은 아니다. 골치 아픈 일을 이전보다 가볍게 처리해 내는 힘을 길러내는 것을 말한다. 마음과 정신이 걱정거리에 사로잡히지 않고, 되지 않는 사안에 연연하지 않는 것이다. 패배감과 자괴감, 분노와 증오심 같은 부정적인 기운에 사로잡히거나 지나간 일에 연연하지 않는 것이다. 어떤 상황에서든 통찰력을 갖고 평정심을 유지하기는 분명 쉬운 일이 아니다. 그러나 시간과 에너지를 들여 공부하고 나를 성장시켜 나가면 점점 더 쉬워지는 것은 사실이다. 마음이 새털처럼 가벼운 상태. 나는 그것을 위해 오늘도 공부와 성장에 욕심을 낸다.

# 에필로그

'글 쓰는 반찬 가게 여자'라는 제목은 글 쓰기 수업을 막 듣기 시작했던 초창기에 지어 놓은 것이었다. 원래 하는 본업에 새로 생긴 취미를 갖다 붙이니 나의 정체성을 나름으로 잘 보여주는 것 같아서 마음에 들었다. 제목은 진작에 지어 놓았는데, 원고는 쓰지 못하고 있었다. 무엇인가 그럴듯한 글을 써야 할 것 같았다. 매일 아침 모닝페이지를 쓰고 있었지만, 책을 내기 위한 글은 따로 멋있게 써야 할 것 같았다. 그때 쓴 모닝페이지가 4년 뒤 이 책 『글 쓰는 반찬 가게 여자』의 원고가 될 줄은 꿈에도 몰랐다. 저장해 놓고 쳐다보지도 않던 글들을 시간이 한참 흐른 후 우연히 읽고서 느낀 것은, 이 글들이 바로 '글 쓰는 반찬 가게 여자'의 이야기 그 자체라는 것이었다.

글 속에는 엄마로서, 아내로서, 반찬 가게 운영인으로서 부족한 모습이 그대로 담겨 있다. 물론 글 쓰는 취미와 여러 가지 배우는 일들도 늘 시간에 쫓겨 겨우겨우 해내고 있다. 어떻게 보면 어리석어 보일 수도 있고 이기적으로 보일 수도 있다. 그렇지만 그것이 있는 그대로의 내 모습이다. 한 가지에 집중해서 잘하면 좋겠지만, 나는 그럴 수 없는 성정으로 태어났다. 능력과 에너지에는 분명히 한계가 있다. 해야 하는 일과 하고 싶은 일 모두를 완벽히 해내고 싶지만, 나는 완벽한 존재가 아님을, 나에게는 한계가 있음을 인정하면서 한 걸음 한 걸음 나아간다. 어느 부분에 빈틈이 생기면 그곳에 조금 더 집중해서 보완하고 다시 가던 길을 간다. 가다가 힘들면 잠시 주저앉아 쉬고 다시 일어나 내가 꿈꾸는 방향으로 걸어 나간다. 그렇게 걸어가는 길 위의 내가 현실의 나, 진짜 나다. 어느 때에는 길 위에서 내가 목표했던 성취의 점도 만나겠지만 그 역시 잠깐 지나가는 길목에 놓여 있을 뿐이다.

글 쓰기는 걸어가는 여정의 기록이기도 하면서, 그렇게 걸어가는 내 모습을 관찰하는 일이기도 하다. 그 속의 '나'가 어느새 보편적인 '한 인간'으로 보이기 시작하면, 마음이 훨씬 느긋해진다. 불만족, 자책, 좌절, 수치, 굴욕 등의 감정이 나를 사로잡아 한없이 주저앉힐 때, 관찰자인 또 다른 '나'가 "괜찮아, 괜찮고말고."라고 말해준다. 아마 나는 앞으로도 꽤 열심히 살아가겠지만, 좌절과 자책의 순간들은 분명히 또 찾아올 거다. 그러면 나는 내가 썼던 글들을 다시 펼쳐 볼 것이다. 관찰자의 따뜻한 한마디를 바라며. "괜찮아, 괜찮고말고."

덧, 이번에 책 작업을 하며, 처음 글 쓰기의 세계에 입문했을 때 서로 의지하고 함께 열정을 쏟아부었던 지엥언니와 유넷, 그리고 '얘는 뭐지?'라는 매우 색다르고 신선한 칭찬으로 나에게 특별한 기대를 품어주셨던 김재용 작가님이 정말 많이 생각났다. 우리 넷이 매일 모닝페이지를 공유하고 함께 웃고 울며 댓글 달아주던 그 시절이 사무치게 그리웠다. 우리가 얼마나 값지고 소중한 시간을 함께 보냈는지 새삼 깨달았다. 이들이 아니었으면 지금의 '글 쓰는 반찬 가게 여자'는 없었다. 이 책을 김재용 작가님과 지앵언니와 유녕에게 바친다.

## 글 쓰는 반찬 가게 여자

초판 1쇄 발행 2024년 3월 30일

| | |
|---|---|
| **지은이** | 이나즈 |
| **디자인** | 소보로 |
| **펴낸곳** | 블루레터 |
| **발행인** | 이혜정 |
| **출판등록** | 2024년 3월 21일 |
| **주소** | 제주시 기와4길 48-1 |
| **이메일** | inazblueletter@naver.com |
| **인스타그램** | @inaz_in_jeju |
| **블로그** | blog.naver.com/inazblueletter |